Dr Donadieu — Chief medic

Lachaux — old colonialist

Edgar de Neuville — purser(?)

Dr Bassot — insane?

Matthias — nurse [male]

Muret — couple with baby

FOLIO POLICIER

Georges Simenon

45°
à l'ombre

Gallimard

Georges Simenon naît à Liège le 13 février 1903. Après des études chez les jésuites, il devient, en 1919, apprenti pâtissier, puis commis de librairie, et enfin reporter et billettiste à *La Gazette de Liège*. Il publie en souscription son premier roman, *Au pont des Arches*, en 1921 et quitte Liège pour Paris. Il se marie en 1923 avec « Tigy », et fait paraître des contes et des nouvelles dans plusieurs journaux. *Le roman d'une dactylo*, son premier roman « populaire », paraît en 1924, sous un pseudonyme. Jusqu'en 1930, il publie contes, nouvelles, romans chez différents éditeurs.

En 1931, le commissaire Maigret commence ses enquêtes... On tourne les premiers films adaptés de l'œuvre de Georges Simenon. Il alterne romans, voyages et reportages, et quitte son éditeur Fayard pour les Éditions Gallimard où il rencontre André Gide.

Durant la guerre, il est responsable des réfugiés belges à La Rochelle et vit en Vendée. En 1945, il émigre aux États-Unis. Après avoir divorcé et s'être remarié avec Denyse Ouimet, il rentre en Europe et s'installe définitivement en Suisse.

La publication de ses œuvres complètes (72 volumes !) commence en 1967. Cinq ans plus tard, il annonce officiellement sa décision de ne plus écrire de romans.

Georges Simenon meurt à Lausanne en 1989.

I

Le steward, de son doigt replié, frappa trois ou quatre petits coups, approcha l'oreille de la porte de la cabine et, après quelques instants d'attente, murmura doucement :

— Il est quatre heures et demie.

Dans la cabine du Dr Donadieu, le ventilateur ronronnait, le hublot était ouvert, mais le docteur, couché nu sur les draps, n'en était pas moins moite des pieds à la tête.

Il se leva avec paresse et, sans un coup d'œil au paysage, pénétra dans l'espace à peine plus grand qu'un placard où sa douche était installée.

Il était calme, indifférent. Ses gestes étaient mesurés comme ceux d'un homme qui, chaque jour, aux mêmes heures, accomplit les mêmes rites. La sieste qu'il venait de faire en était un, le plus sacré; la douche et le gant de crin devaient suivre, puis une série de menus soins qui, invariablement, le conduisaient jusqu'à cinq heures.

Par exemple, il regarda le thermomètre, qui marquait 48 degrés centigrades. D'autres que lui, des officiers du bord, des passagers pourtant habitués à l'équateur, geignaient, protestaient, se mettaient en nage. Donadieu, au contraire, regardait monter la colonne d'alcool rosé avec une pointe de satisfaction.

Au moment où il mettait des chaussettes de fil blanc, la sirène vrombit au-dessus de sa tête et les allées et venues, sur le pont, devinrent plus précipitées et plus bruyantes.

L'*Aquitaine,* qui venait de Bordeaux, en était au point extrême de son voyage, à Matadi, dans l'embouchure du Congo qui roulait des eaux d'un jaune malsain.

L'escale de Matadi était déjà finie. Elle avait duré vingt heures et Donadieu n'avait pas eu la curiosité d'aller à terre. Du pont, il avait vu les pilotis des quais, les docks, les baraquements, les hangars, tout un enchevêtrement de rails, de wagons, un univers écrasé par un soleil lourd où ahanaient des équipes de nègres et où un Européen passait parfois, en blanc, le casque sur la tête, des papiers à la main, un crayon derrière l'oreille.

Au-delà de ce chaos, il devait exister une ville, avec une gare, un hôtel à six étages dont on apercevait la silhouette inachevée, des pavillons disséminés sur la colline.

En s'habillant, Donadieu écoutait, déduisait du peu d'intensité des bruits dans sa coursive qu'il y avait peu de passagers de première classe.

Le hublot n'ouvrait pas sur la ville, mais sur l'autre côté du fleuve où il n'y avait rien, sinon une montagne pelée avec, au pied, quelques cases indigènes et des pirogues allongées sur le sable.

Des coups de sifflet retentissaient. Donadieu se mouillait les cheveux d'eau de Cologne, se peignait avec soin, choisissait dans son armoire un uniforme propre, éclatant et roide d'amidon.

Le retour commençait, avec les mêmes escales qu'à l'aller dans tous les ports africains. La différence la plus sensible entre les deux parcours était qu'au départ de Bordeaux on avait des vivres frais à profusion tandis qu'au retour les chambres froides devenaient plus pauvres, la nourriture plus maigre et monotone.

Les amarres furent larguées, les ancres virées, puis l'hélice tourna tandis que là-haut, comme toujours, des gens adressaient de grands signes aux amis restés à terre.

Il était cinq heures moins cinq. Pendant cinq minutes, Donadieu changea quelques papiers et quelques menus objets de place, puis enfin il prit son casque et sortit. Il savait d'avance qu'il allait rencontrer les stewards coltinant des valises dans les coursives, apercevoir des cabines ouvertes, des nouveaux voyageurs essayant de se repérer, quémandant des renseignements ou sollicitant un changement de place. Trois personnes attendaient devant le bureau du commissaire du bord et Donadieu passa sans s'arrêter, jeta un coup d'œil au salon vide, monta sans se presser le grand escalier. Il crut entendre un faible cri, un cri de petit enfant, mais il n'y prêta pas attention et il émergea en plein soleil, sur le pont-promenade.

On apercevait encore le port de Matadi et les Européens en blanc qui attendaient, sur la jetée, que le navire eût disparu. L'*Aquitaine* entrait dans les remous du fleuve, à l'endroit appelé le Chaudron. Il n'était pas besoin de regarder pour le savoir. Le navire, malgré ses vingt-cinq mille tonnes et la puissance de ses machines, avait des tressaillements anormaux, plus désagréables que l'ample roulis des tempêtes.

Le Congo, qui, en aval, atteignait jusqu'à vingt kilomètres de large, se rétrécissait soudain entre deux montagnes sans verdure, semblait revenir en arrière, tourbillonnait, tandis que les courants contrariés dessinaient à sa surface de perfides remous.

Quelques pirogues filaient à toute allure, sans direction, eût-on dit, dans un mouvement vers le néant, et pourtant les pagaies des nègres nus les faisaient passer d'un gouffre à l'autre, profitant des moindres remous pour remonter le courant.

A bâbord, il n'y avait personne sur le pont. Donadieu marchait toujours à grands pas, sans s'arrêter, avec une certaine raideur. En passant devant le bar, il fut étonné et, chose qui lui arrivait rarement, il se retourna sur un personnage inattendu, fronça les sourcils, reprit sa marche autour du pont.

Il n'y avait pas un souffle d'air. Les cloisons étaient brûlantes. Pourtant, debout devant le bar, Donadieu avait vu un médecin portant l'uniforme de l'infanterie coloniale et vêtu de sa lourde capote de campagne! L'épaisseur et l'aspect du tissu kaki avaient déjà quelque chose de choquant. Or, en passant une seconde fois, Donadieu remarqua que son confrère portait des pantoufles de feutre noir et qu'il avait sur la tête, non un casque, mais son képi sombre à galon doré.

Il était en conversation avec le barman. Il riait. Il semblait très animé.

Les autres passagers devaient prendre possession de leur cabine, et on ne les verrait que peu à peu monter sur le pont.

Parfois un matelot passait en courant, grimpait plus haut, jusqu'à la passerelle de commandement, et soudain il y eut un événement anormal. Le bateau parut se soulever. C'est à peine si le choc fut perceptible, mais Donadieu eut la sensation nette de quelques secondes d'immobilité.

Des ordres furent criés dans le porte-voix. Deux coups de sifflet éclatèrent. Les remous, à l'arrière, furent plus prononcés et, l'instant d'après, le navire avait repris sa marche normale à travers le Chaudron.

Donadieu ne montait jamais sur la passerelle, sinon pour le rapport. C'était un principe. Il aimait que chacun fût à sa place. Il vit descendre le premier officier qui paraissait inquiet et qui se précipita vers les machines. Puis une porte s'ouvrit. Un passager passa la tête, interpella le docteur.

— On a touché un caillou, hé?

Donadieu le reconnut, car l'homme avait déjà fait un voyage à bord. C'était Lachaux, un vieux colonial qui possédait toute une province du Congo. Il avait des poches sous les yeux, la peau jaune, le regard méfiant.

— Je ne sais pas, répondit le médecin.

— Je sais, moi!

Et Lachaux, traînant la jambe droite qu'il avait très enflée, grimpa sur la passerelle pour interroger le commandant.

Le pont des troisièmes classes était presque désert. Sur le gaillard d'avant, une dizaine de nègres, qui devaient descendre à une prochaine escale, campaient à même la tôle et une négresse opulente, drapée dans un madras d'un bleu éclatant, savonnait un gamin tout nu.

Donadieu marchait toujours. Quatre fois par jour, il faisait la même promenade obstinée, à pas égaux, mais cette fois ce fut le commissaire du bord, le petit Edgar de Neuville, qui l'interrompit.

— Vous l'avez vu?

— Qui?

Neuville désigna du menton la terrasse du bar où se dessinait la silhouette de l'homme en capote kaki.

— C'est le Dr Bassot, qu'on rapatrie. Il y a un mois qu'il attend, enfermé dans une cave, à Brazzaville. Sa femme sort de chez moi.

Un léger sourire flotta sur les lèvres de

Neuville, qui souriait toujours en parlant des femmes.

— Il est complètement cinglé. Sa femme est inquiète. Elle m'a demandé s'il y avait un cabanon à bord et je lui ai montré la cabine capitonnée. Elle ira sûrement vous voir.

Le commissaire fit quelques pas, se retourna.

— A propos, vous avez senti le choc?

— Je crois qu'on a touché.

Ils se séparèrent. Au bar, il y avait trois nouveaux clients. Donadieu ne distingua qu'un jeune homme qu'il remarqua à cause de son air soucieux. Le docteur en kaki était toujours là; il paraissait flotter d'une table à l'autre, observait les gens avec curiosité en parlant tout seul et en ricanant.

Il était jeune, maigre et blond. Il fumait cigarette sur cigarette mais, quand il vit arriver sa femme, il jeta par-dessus bord la cigarette qu'il avait à la main et son visage devint anxieux.

Donadieu descendit jusqu'à l'infirmerie installée sur le pont des secondes classes. Mathias, l'infirmier, était occupé à cirer des chaussures jaunes.

— Vous savez ce qui nous arrive? grogna-t-il.

Car il grognait toujours. Il avait invariablement le front plissé, la bouche amère et cela tenait sans doute à ce que, bien qu'embarqué depuis sept ans, il souffrait du mal de mer.

— Qu'est-ce qui nous arrive?

— Trois cents Annamites qu'on embarque demain à Pointe-Noire.

Donadieu avait l'habitude d'apprendre les nouvelles par son infirmier. Évidemment, il aurait dû être averti le premier. Mais... Enfin!

— Ça fera encore des morts! grommela Mathias.

— Il te reste du sérum?

Ce n'était pas la première fois qu'on embarquait des Jaunes. On en avait amené des milliers à Pointe-Noire pour travailler à la ligne de chemin de fer, parce que les nègres ne résistaient pas. De temps en temps, on en rapatriait un lot par Bordeaux, où on les installait sur un navire d'Extrême-Orient.

Donadieu alluma une cigarette, fit quelques pas, par habitude, dans son cabinet de consultation où Mathias avait sa couchette et regagna le pont des premières. Il lui sembla que le bateau penchait sur tribord, mais il ne s'en étonna pas car cela arrivait souvent, selon le chargement, tantôt sur tribord, tantôt sur bâbord.

Le Chaudron était franchi. On atteignait l'estuaire et la nuit tombait, à six heures, sans transition, comme elle tombe toujours à l'équateur. Avec elle, la chaleur devenait plus humide et plus désagréable.

Deux formes blanches étaient adossées à la rambarde : le chef mécanicien et le petit Neuville, qui parlaient à voix basse. Le docteur les rejoignit.

— Je suis sûr que Lachaux va faire le malin, disait Neuville.

— Que se passe-t-il? questionna Donadieu.

— On a bel et bien touché, tout à l'heure, et un water-ballast est crevé. C'est ce qui nous donne de la gîte. Cela n'a aucune importance. Peut-être seulement devra-t-on restreindre la consommation d'eau douce pour la toilette. Mais Lachaux est monté là-haut et a exigé des explications. Il prétend qu'à chaque voyage il y a des anicroches et il va ameuter tous les passagers.

Donadieu, dans la pénombre, regardait le chef mécanicien qui fumait une courte pipe.

— N'avons-nous pas déjà un arbre faussé? demanda-t-il.

— A peine!

Car, à la sortie de Dakar, en venant, on avait ressenti un premier choc.

— Pourquoi les pompes fonctionnent-elles plusieurs heures par jour?

L'officier mécanicien haussa les épaules avec un peu d'embarras.

— L'arbre a bougé quand même. On fait un peu d'eau.

Ils ne s'inquiétaient ni l'un ni l'autre. Neuville regardait vers l'arrière où le fou et sa femme étaient accoudés à la rambarde. C'était la vie de tous les jours, les incidents traditionnels.

— Vous avez trouvé quelqu'un pour le bridge? demanda le docteur au commissaire.

— Pas encore. Il y a à bord deux petits lieutenants et un capitaine qui veulent danser.

Ils étaient assis tous trois à la terrasse du bar, devant des pernods. Donadieu ne les avait pas encore aperçus. Mais ne se ressemblaient-ils pas tous, à tous les voyages?

Ils partaient en congé, après trois ans d'Afrique Équatoriale. Le capitaine, sur sa tunique blanche, portait toutes ses décorations. Il avait l'accent de Bordeaux. Les deux lieutenants n'avaient pas vingt-cinq ans et cherchaient des femmes autour d'eux.

Donadieu avait le temps. Dans trois jours, il connaîtrait tout le monde!

Le steward passait en frappant le gong.

— Qui le commandant a-t-il à sa table?

— Lachaux, évidemment.

— Et vous?

— Les officiers et madame Bassot.

— La femme du docteur qui est fou?

Neuville, un peu gêné, fit signe que oui.

— Et son mari?

— Il mange dans la cabine.

— Si bien que je n'ai personne?

— Pour le moment. On embarquera du monde à Pointe-Noire, à Port-Gentil, et surtout à Libreville.

C'était toujours la même chose, sur toutes les lignes, aussi bien au Tonkin qu'à Madagascar : le commandant présidait la table des passagers de marque; le commissaire du bord choisissait les jolies femmes; et le médecin, les premiers jours, mangeait en tête à tête avec l'officier mécanicien.

Puis, quand embarquaient de nouvelles personnalités, surtout des personnalités de second ordre, on les lui octroyait!

Le jeune homme à l'air inquiet passa, cherchant le chemin des cabines.

— Qu'est-ce que c'est? s'informa Donadieu.

— Un petit employé de Brazza. Une seconde classe. Mais, comme il a un bébé malade, nous avons décidé avec le commandant de les faire voyager en première.

— Il a une femme?

— Elle reste dans la cabine, près du petit, la cabine 7, qui est la plus grande. Ils s'appellent Huret, je crois.

Ils finirent leur cigarette en silence en attendant le second coup de gong. Le fou passa, au bras de sa femme, qui, tout en marchant, adressa un sourire au commissaire. Le mari se laissait entraîner sans enthousiasme. Au moment de pénétrer dans les couloirs, il eut une hésitation, mais on lui dit quelque chose à voix basse et il se montra docile.

— Il y a du monde d'annoncé aux escales?

— On sera au complet à Dakar.

Ils se séparèrent pour se rafraîchir avant de passer à la salle à manger. Quand Donadieu y fit son entrée, le commandant était déjà là, seul à sa table. Il arrivait toujours le premier. Avec sa barbe noire, il ressemblait davantage à un professeur du Quartier Latin qu'à un marin.

Dans un autre coin, Huret était tout seul aussi à une petite table et on lui avait servi le consommé qu'il buvait en regardant vaguement devant lui.

Lachaux arriva, soufflant et boitant, s'assit près du commandant, déploya largement sa serviette, souffla encore et appela le maître d'hôtel.

L'atmosphère de la salle à manger était grise. Les ventilateurs mettaient dans l'air une vibration continue et fatigante. Comme on sortait du fleuve, un léger roulis commençait à se faire sentir.

— Du riz et des légumes, commanda le chef mécanicien qui faisait face au docteur.

Il ne mangeait rien d'autre le soir et il regardait défiler le menu traditionnel avec une moue de dégoût.

Les trois officiers entrèrent à leur tour, hésitèrent sur le choix d'une table, suivirent enfin le maître d'hôtel, parlant plus fort que les autres convives.

— Il y a un bon chef à bord? interrogea le capitaine aux décorations.

— Excellent.

— Nous allons voir ça! Donnez-moi le menu!

Ce fut enfin le tour du commissaire du bord, qui accompagnait madame Bassot, vêtue d'une robe de soie noire. Ce n'était pas tout à fait une robe du soir, mais ce n'était pas non plus une robe du jour. Elle avait dû la faire elle-même, à Brazzaville, d'après un magazine de modes.

Donadieu mangeait en silence et, s'il ne se donnait pas la peine d'observer les convives disséminés dans une salle dix fois trop grande, il n'en prévoyait pas moins le rythme du voyage.

Tous les trois ou quatre jours, aux escales, on embarquerait de nouveaux passagers, mais le noyau primitif, la petite poignée d'humains présente resterait le fond solide.

Il y avait déjà la table bruyante et jeune, celle des officiers et de madame Bassot.

Il y avait la table solennelle du commandant avec le grincheux Lachaux qui serait insupportable jusqu'à Bordeaux.

Il y avait Huret qui resterait sans doute solitaire et sa femme enfermée dans une cabine avec le bébé mourant.

Il y avait le fou que Mathias surveillait pendant les heures des repas...

Les nègres du pont étaient inexistants. Mais, dès le lendemain, on embarquerait les Jaunes qui, chaque nuit, joueraient aux dés et chez qui, dès le troisième ou quatrième jour, Donadieu serait appelé pour quelque maladie infectieuse...

On n'entendait que le ronflement des ventilateurs, le bruit des fourchettes, la voix basse de Lachaux et le rire de madame Bassot. C'était une fille brune bien en chair, une de ces femmes qui semblent toujours nues sous leur robe et qui ont les lèvres éternellement humides.

— Il faudra que le bateau passe en cale sèche, une fois à Bordeaux, fit la voix indifférente du chef mécanicien. Vous avez eu votre congé, cette année?

— Oui.

— Je ne vois pas comment ils vont s'y prendre. Voilà deux navires hors d'état.

— On me désignera sûrement pour la ligne de Saigon. J'aime mieux ça.

— Je ne l'ai faite qu'une fois. C'est plutôt moins chaud.

— C'est autre chose, dit simplement Donadieu. Vous avez fumé?

— Non. Je n'ai pas voulu.

— Ah!

On savait qu'il fumait, lui, modérément d'ailleurs, deux ou trois pipes chaque jour. Peut-être l'opium était-il à la base de son flegme? Il ne se mêlait de rien, restait calme et serein, avec un soupçon de raideur qu'on attribuait aux origines protestantes de sa famille, une vieille famille de Nîmes.

Ainsi les autres officiers portaient-ils des tuniques à revers, découvrant la chemise et la cravate de soie noire. Lui, avait adopté des tuniques à col montant qui lui donnaient quelque ressemblance avec un pasteur.

Le petit Huret était mal habillé. Il répondait avec gêne au maître d'hôtel qui le traitait avec une pointe de condescendance.

Le capitaine et les lieutenants d'infanterie coloniale mangeaient de tout, des cinq ou six plats de la carte, et dès la moitié du repas leur voix devint plus sonore, à cause du vin.

Lachaux, à côté du commandant, ressemblait à un gros crapaud, mastiquait bruyamment, la serviette nouée autour du cou. Il le faisait exprès, d'ailleurs. Quand il était arrivé en Afrique, ce n'était qu'un petit ouvrier d'Ivry et il n'avait pas une paire de chaussettes de rechange. Maintenant, c'était un des plus riches colons de l'Afrique Équatoriale.

N'empêche qu'il vivait sur le fleuve et sur les rivières à bord d'un vieux bateau où il n'avait que des nègres pour le servir. Des mois durant, il faisait ainsi le tour de ses comptoirs, tantôt à bord, tantôt transporté en tipoïe par les Noirs.

On racontait des tas de choses. On prétendait qu'il avait tué, à ses débuts, des douzaines, peut-être des centaines de nègres et que, maintenant encore, il n'hésitait pas à abattre ceux qui avaient commis quelque faute.

Ses employés blancs étaient les moins bien payés de la colonie et il avait toujours une douzaine de procès en cours avec eux.

Il avait soixante-cinq ans et Donadieu, qui le regardait et qui devinait ses tares physiques, se demandait comment il résistait à pareille existence.

— Le commandant est embêté! dit le chef mécanicien.

Parbleu! Le commandant Claude, minutieux, ponctuel, à cheval sur les règlements, ne détestait rien autant que les francs-tireurs dans le genre de Lachaux. Mais il ne devait pas moins l'inviter à sa table. Il parlait peu, mangeait peu, ne regardait personne. Le repas à peine fini, il se leva, salua gravement du buste et regagna sa passerelle et sa cabine.

Donadieu s'attarda dans la salle à manger en compagnie de l'officier mécanicien. Quand il monta sur le pont, on était en pleine mer. Un bruit soyeux longeait la coque. Le ciel était bas, bouché, non par des nuages, mais par une buée régulière.

Vers l'arrière, on entendait de la musique.

C'était l'heure où Donadieu faisait dix fois le tour du pont à grands pas, tantôt dans l'ombre, tantôt dans la lumière, passant toutes les trois minutes devant le bar.

La première fois qu'il y passa, le pick-up du bord jouait un tango, mais personne ne dansait. A une table de la terrasse, le commissaire, les trois officiers et madame Bassot venaient de commander du champagne. Dans un coin, tout seul, il y avait un homme que le docteur ne distingua pas.

Au second tour, le champagne était dans les coupes. La silhouette solitaire était celle de Huret, qui prenait le café auquel son billet lui donnait droit.

Au troisième tour, le commissaire du bord dansait avec madame Bassot, tandis que les lieutenants les encourageaient de la voix.

Au-delà du bateau s'étalaient l'obscurité et le silence. Sur le pont des deuxièmes classes, on ne voyait qu'un couple accoudé, dans l'ombre, au bastingage.

Donadieu marchait toujours. Quand il atteignait l'avant, il apercevait le pont des troisièmes, les nègres couchés pêle-mêle sur le panneau de la cale, la négresse pareillement étendue et tenant son gamin dans les bras.

Il ne put faire ses dix tours. Au neuvième, alors que madame Bassot dansait avec le capitaine de Territoriale, un steward le rejoignit.

— C'est la dame du 7! Elle a peur, parce que le petit a l'air de ne plus respirer. Je cherche son mari...

— Dites que je descends avec lui.

Et Donadieu s'approcha de Huret, s'inclina, murmura :

— Voulez-vous venir avec moi? Il paraît que l'enfant n'est pas très bien.

Les petits lieutenants riaient aux éclats parce que leur capitaine, qui avait vingt ans de plus qu'eux, essayait de danser une biguine. Quant au commissaire du bord, il regardait en souriant la croupe de madame Bassot que chaque pas de danse mettait en relief.

II

Le chemin à parcourir, pour atteindre la cabine 7, était assez long. Huret allait le premier, d'une démarche précipitée, s'arrêtant à l'angle des coursives pour épier le docteur avec l'air de demander s'il était bien dans le bon chemin.

Il avait toujours les sourcils froncés, l'air malheureux. Ou plutôt Donadieu n'arrivait pas encore à définir cette expression complexe, cette tension des nerfs et de l'attention, ce besoin de quelque chose qui se fût dérobé. Ainsi qu'un revolver est prêt à la détente, Huret n'était-il pas prêt à la colère comme à la tendresse?

Son complet de coutil blanc n'était pas mal coupé, mais le tissu en était vulgaire. Dans toute sa tenue, il y avait comme une médiocrité honteuse.

Huret, qui devait avoir vingt-quatre ou vingt-cinq ans, était grand, bien bâti; seules, ses épaules tombantes enlevaient de la force à sa silhouette.

Il ouvrit brusquement la porte d'une cabine et on entendit une voix de femme qui disait :

— Ah! C'est toi...

Donadieu entrait à son tour, mais ces deux mots avaient suffi à le renseigner, et aussi la silhouette féminine qu'il apercevait de dos, penchée sur une couchette.

— Qu'est-ce qu'il a? demandait Huret d'une voix dure.

C'était au sort qu'il en voulait, évidemment! Il l'accusait déjà.

Lentement, Donadieu refermait la porte et respirait avec humeur l'air tiède de la cabine, tout imprégné d'une odeur fade de bébé malade. C'était une cabine comme les autres, aux cloisons ripolinées. A droite, il y avait deux couchettes superposées; à gauche, une seule, sur laquelle le bébé était installé.

Madame Huret s'était retournée. Elle ne pleurait pas, mais on devinait les larmes en suspens. La voix était lasse.

— Je ne sais pas ce qu'il a eu, docteur... Il ne respirait plus...

Ses cheveux bruns, mal retenus sur la nuque, encadraient mollement un visage sans couleur. On n'eût pu dire si elle était belle ou laide. Elle était fatiguée, malade de fatigue. Elle avait perdu toute coquetterie et elle oubliait de refermer le corsage qui laissait entrevoir un sein inconsistant.

A trois dans la cabine, ils pouvaient à peine bouger. Le docteur se pencha un instant sur l'enfant, qui avait une respiration pénible.

— Quel âge a-t-il?

— Six mois, docteur. Mais il est né un mois avant terme. J'ai voulu le nourrir moi-même.

— Asseyez-vous, dit-il à la femme.

Huret restait debout près du hublot, à regarder l'enfant sans le voir.

— Je crois qu'on n'a jamais su au juste ce qu'il avait. Dès les premiers jours, il ne gardait pas le lait qu'il buvait. Plus tard, on l'a nourri au lait condensé et pendant quelques jours il a été mieux. Puis il a eu des coliques. Le médecin de Brazza nous a dit que si nous restions plus longtemps à la colonie nous le perdrions.

Donadieu la regardait, puis regardait son mari.

— C'est votre premier terme? demanda-t-il à celui-ci.

— J'avais déjà fait trois ans avant de me marier.

Autrement dit, il avait à peine vingt ans quand il était arrivé en Afrique Équatoriale.

— Fonctionnaire?

— Non. Je suis comptable à la S.E.P.A.

— C'est sa faute, intervint madame Huret. Je lui ai toujours conseillé d'entrer dans l'administration.

Elle se mordit les lèvres, prête à pleurer, tandis que son mari serrait les poings.

Donadieu comprenait le drame. Il posa encore une question.

— Votre second terme est fini?

— Non.

A cause de l'enfant, Huret avait rompu son contrat et, par le fait, il n'avait pas dû être payé.

Il n'y avait rien à faire! Donadieu était impuissant devant ce bébé accablé par le climat et qui se raccrochait quand même à la vie de toutes les forces de sa chair fragile et blanche.

— Une chose doit vous donner du courage, dit-il en se levant. C'est qu'il a vécu six mois! Dans trois semaines, nous aurons quitté les tropiques.

La femme sourit avec scepticisme. Il l'observa plus attentivement.

— En attendant, vous devriez vous soigner vous-même.

L'odeur l'incommodait. Des langes, que madame Huret avait dû laver dans le lavabo, étaient suspendus à la couchette supérieure pour sécher. Donadieu remarqua que le regard de Huret devenait angoissé, qu'il respirait avec force, puis que ses narines se pinçaient peu à peu.

Depuis une heure, le bateau se balançait au rythme d'une grande houle plate.

Quand la nausée le prit, Huret n'eut pas le temps de se précipiter dehors, à peine celui d'ouvrir une porte et de se pencher sur la cuvette.

— Je vous demande pardon de vous avoir dérangé, docteur. Je sais qu'il n'y a rien à faire. Le médecin de là-bas me l'a dit. Mais quand même...

— Il ne faudrait pas que vous restiez toute la journée dans cette cabine.

Huret vomissait et Donadieu sortit, resta un moment immobile dans la coursive, monta lentement l'escalier. Une lune dorée venait de se lever et lissait les larges ondulations de l'océan. Les échos d'une musique hawaïenne arrivaient de l'arrière, soulignant encore ce que le décor avait de facile romantisme.

Tout n'y était-il pas, même le barman qui était chinois, même madame Bassot qui dansait avec le commissaire du bord en uniforme blanc?

Le docteur fit encore deux fois le tour du pont, puis descendit dans sa cabine, se déshabilla, éteignit le plafonnier et ne laissa allumée qu'une veilleuse à huile.

C'était son heure. Avec une sage lenteur, il prépara une pipe d'opium et fuma. Après une demi-heure, il pouvait penser sans émotion au bébé, à sa maman et à Huret qui avait le mal de mer, par surcroît.

Quand le steward gratta à sa porte et annonça qu'il était huit heures, on avait commencé à embarquer les Annamites que tout le monde à bord, parce que c'était plus facile, appela désormais les Chinois. Ils arrivaient de la côte en baleinière, grimpaient comme des singes le long de l'échelle de coupée en tenant pour la plupart leur cantine en équilibre sur la tête. On les poussait vers l'avant. Au passage, on pointait des feuilles, on lançait des numéros.

Donadieu ne s'habilla ni plus vite ni plus lentement que les autres jours, s'assit devant le plateau du petit déjeuner, monta enfin sur le pont au moment où s'embarquaient des passagers de première classe.

Il n'y en avait guère : une seule famille. Mais c'était une famille de luxe. L'homme, malgré son air doux et timide, devait être un important personnage du chemin de fer du Congo-Océan. Sa femme était habillée avec autant d'élégance que dans une ville d'Europe. Elle avait une fillette de six ou sept ans, déjà coquette, qu'une nurse en uniforme suivait pas à pas.

En passant, le commissaire du bord, qui s'empressait auprès des nouveaux venus, eut le temps de lancer une œillade au docteur. Était-ce déjà à cause de la nouvelle passagère?

On retirait l'échelle. Les baleinières s'éloignaient vers la rive plate comme une lagune tandis que, sur le gaillard d'avant, les trois cents Annamites s'installaient sans fièvre, ni curiosité. La plupart portaient des culottes courtes et une simple chemise kaki; quelques-uns avaient un casque de liège tandis que d'autres exposaient au soleil leurs cheveux noirs et drus, taillés en brosse. Certains, le torse nu, se lavaient au robinet installé sur le pont, et les passagers nègres se tassaient dans un coin, méfiants ou dédaigneux.

Tout au bout de la passerelle, Donadieu rencontra Huret qui se promenait seul.

— Vous allez mieux? lui demanda-t-il.

— Du moment qu'il n'y a pas de houle!

Il répondait d'une voix agressive, sans regarder le docteur en face.

— J'avais recommandé à votre femme de prendre l'air.

— Elle s'est promenée longtemps ce matin.

— A quelle heure?

— A six heures.

Donadieu l'imaginait, seule sur le pont désert, dans le jour naissant.

— Il y a encore de la houle au large, remarqua Huret.

Quand on l'observait mieux, on lui trouvait un visage enfantin avec, malgré le front plissé, un grand fond de candeur. Ce n'était qu'un gamin, en somme, qui se débattait contre ses soucis d'homme, de mari, de père de famille.

— Il n'y a malheureusement pas de remède sérieux contre le mal de mer, dit Donadieu. Annoncez donc à votre femme que j'irai voir le petit tout à l'heure.

On était à nouveau en marche. Le médecin gagna l'infirmerie, donna l'ordre de faire défiler les Chinois et vécut avec Mathias deux heures monotones à les examiner un à un. Ils attendaient, en rang devant la porte. Déjà en franchissant celle-ci ils se déshabillaient, tiraient la langue, tendaient le poignet gauche. Cent fois au moins, depuis qu'ils avaient quitté leur village, ils avaient subi les mêmes formalités.

A certain moment, Donadieu eut l'impression que quelque chose n'était pas régulier. Il n'aurait pu dire ce qui se passait. Il y avait peut-être un peu moins d'impassibilité chez les Jaunes?

— Tu ne remarques rien, Mathias?

— Non, monsieur le Docteur.

— Tu as fait l'appel? Ils ont tous répondu?

— Le compte y est.

Et pourtant le docteur restait soupçonneux. Debout au milieu du gaillard d'avant, il observa les Jaunes qui grouillaient autour de lui, descendaient dans la cale qui leur était réservée pour aller chercher les gamelles et les quarts en fer-blanc, faisaient à nouveau la queue à la porte de la cuisine.

Ce ne fut qu'une demi-heure plus tard qu'un matelot donna le mot de l'énigme. En descendant dans la cale, il avait trouvé deux Chinois couchés derrière les cantines et les couvertures. Ils étaient brûlants de fièvre.

Donadieu les ausculta, prit leur température et comprit. Ces deux-là étaient grièvement malades. Ils n'avaient pas défilé à l'infirmerie mais deux de leurs compagnons, à coup sûr, étaient passés deux fois, pour faire le compte.

Maintenant, ils avaient peur, non seulement du médecin, mais de la maladie. Peut-être avaient-ils plus peur encore d'être isolés, ce qui arriva aussitôt, car Donadieu les fit transporter dans des cabines de troisième classe.

A bord, les nouvelles vont vite, sans qu'on puisse deviner qui les propage. Quand le docteur arriva sur le pont-promenade, on venait de donner le premier coup de gong pour le déjeuner.

La terrasse du bar était presque gaie, car tout le monde prenait l'apéritif. Huret y était, seul dans un coin. Le fou, en capote kaki, allait d'une table à l'autre, pointait parfois un index vers un visage, murmurait des mots qui semblaient être sans suite.

Quelqu'un se leva; c'était Lachaux.

— Vous prendrez bien un verre avec moi, docteur?

Donadieu ne pouvait guère refuser. Il s'assit. Lachaux l'observait avec cette méfiance qui ne devait jamais le quitter. A une table voisine, madame Bassot était encadrée par les lieutenants, mais elle évitait de manifester trop de gaîté ou de familiarité.

— Qu'est-ce que vous buvez?

— Un peu de porto.

Le regard trop insistant de Lachaux était gênant. Le colonial attendit que les consommations fussent servies, que le barman se fût éloigné.

— Dites-moi, docteur, vous avez trouvé l'état sanitaire des Annamites satisfaisant?

— Mais... évidemment...

— Vous n'avez rien remarqué d'anormal? Il est vrai que peut-être ne remarquez-vous pas non plus que ce bateau a de la gîte...

— Cela dépend des ballasts et...

— Pardon! Vous oubliez qu'hier on penchait à tribord, tandis qu'aujourd'hui on penche à bâbord...

C'était vrai. Et le docteur, en effet, n'y avait

pas fait attention. Même maintenant, cela ne le frappa pas outre mesure.

— Vous comprenez ce que cela veut dire?

— On a dû charger à Pointe-Noire...

— Pas du tout. On a embarqué des passagers, mais on n'a pris aucun fret. Alors?

— Alors, je ne sais pas.

— Eh bien! je vais vous dire, moi, ce qu'il y a. Après tout, peut-être vous le cache-t-on aussi. Au cours de ce seul voyage, l'*Aquitaine* a touché deux fois le fond, une première fois en sortant de Dakar, une seconde en franchissant le Chaudron. La première fois, on a faussé un arbre de transmission.

Le commissaire du bord avait abandonné les officiers et la femme du fou pour s'attabler avec les nouveaux passagers montés à Pointe-Noire. Mais il devinait le sens de la conversation de Lachaux et il tendit l'oreille.

— J'ai fait plus de trente fois la ligne. Je sais reconnaître le bruit des pompes de cale. Cette nuit, elles n'ont pas cessé de fonctionner.

— Vous croyez que nous faisons de l'eau?

— J'en suis sûr. Par contre, ce qui risque de nous manquer, c'est l'eau douce. Un ballast est crevé. Allez dans votre cabine et essayez de vous laver les mains!

— Je ne comprends pas.

— Je vous mets au défi de faire ce que je vous dis, car la distribution vient d'être interrompue et dorénavant on n'aura de l'eau que quatre heures par jour. Je viens de la passerelle. J'ai entendu les ordres du commandant.

Huret, lui aussi, tendait l'oreille, mais, de la place où il était, il ne lui était pas possible de tout saisir.

— Maintenant je vous demande à nouveau si vous avez trouvé l'état des Jaunes, *de tous les Jaunes*, satisfaisant.

C'était embarrassant. Lachaux était un personnage qui, après chaque voyage, adressait des réclamations à la compagnie et refusait les pourboires au personnel sous prétexte qu'il avait été mal servi.

— Il n'y a que deux cas de dysenterie.

— Vous l'avouez!

— Vous savez aussi bien que moi que c'est courant.

— Mais je suis assez vieil Africain pour savoir que la dysenterie mérite parfois un autre nom!

Malgré lui, le docteur haussa légèrement les épaules.

— Je vous assure...

Il ne mentait pas. Évidemment, il était déjà arrivé à des Annamites embarqués à Pointe-Noire de mourir en route d'un mal qui ressemblait à la fièvre jaune. Mais, en toute conscience, cette fois, il n'en avait pas découvert les symptômes.

— Vous vous trompez, monsieur Lachaux.

— Je vous le souhaite!

Le steward passait en donnant le second coup de gong et les passagers se levaient les uns après les autres, se dirigeaient vers les cabines pour s'y rafraîchir avant de se mettre à table.

C'était une maladresse d'avoir coupé l'eau à ce moment. Des sonneries retentirent et les garçons durent aller de cabine en cabine pour expliquer qu'on n'aurait pas d'eau douce avant le soir.

Du coup, à table, on vit des visages soucieux, on entendit des questions qui n'étaient pas encore angoissées mais qui révélaient un commencement d'inquiétude.

Le commissaire du bord avait changé de place et mangeait avec les « nouveaux », les Dassonville, à la table voisine de celle du commandant.

C'était la seule table où il y eût quelque élégance. Madame Dassonville avait déjà eu le temps de changer de toilette. Malgré la chaleur, elle se comportait comme elle se serait comportée dans un restaurant d'une plage élégante.

Son mari, qui était ingénieur en chef du chemin de fer Congo-Océan, n'avait qu'une trentaine d'années. Il était certainement sorti de Polytechnique avec un bon numéro. Rien ne l'intéressait autour de lui. Il mangeait lentement, en suivant le cours de ses pensées, pendant qu'un flirt naissait entre sa femme et le petit Neuville.

Lachaux grognait. Le commandant lui répondait peu, regardait ailleurs et lissait sa barbe de ses doigts très soignés.

Donadieu lui-même questionna le chef mécanicien assis en face de lui.

— C'est vrai que nous faisons de l'eau?

— Très peu.

— Mais encore?

— Cela n'a rien d'inquiétant. Quelques tonnes par jour.

— Il y a des passagers qui s'affolent.

— Je sais! Le commandant m'en a parlé tout à l'heure et m'a demandé de faire l'impossible pour supprimer la gîte. Le plus rigolo, c'est que cette gîte n'a aucune importance. Les gens se butent là-dessus parce que c'est apparent, mais cela n'enlève rien à la sécurité du navire.

— Qu'allez-vous faire?

— Rien. Il n'y a rien à faire. C'est une coïncidence malheureuse qu'un ballast soit justement crevé. Quand je fais pomper, les passagers entendent la pompe et croient que nous prenons l'eau comme une passoire. Quand je ne fais pas pomper, la gîte s'accentue et ils interrogent les matelots et les stewards avec effroi.

Le chef mécanicien était placide.

— La traversée sera embêtante, dit-il. Dès le départ de Matadi, un mauvais esprit a régné à bord.

Ils savaient l'un comme l'autre ce que ça voulait dire. Ils en avaient l'habitude. Il y a des voyages qui se déroulent d'un bout à l'autre dans l'enchantement, avec des passagers pleins d'entrain et de gaîté, une mer propice, des machines qui donnent leurs vingt nœuds sans forcer.

Il y en a d'autres où tous les ennuis vous arrivent, ne fût-ce que celui d'embarquer un mauvais coucheur comme Lachaux.

— Vous savez ce qu'il a raconté à son garçon de cabine?

— Je le devine, soupira le docteur.

— Simplement qu'il y a deux cas de fièvre jaune à bord. C'est vrai?

Le plus fort, c'est que le chef mécanicien, si tranquille quand il parlait de la voie d'eau, cachait mal son effroi en interrogeant à son tour Donadieu.

C'était au tour de ce dernier à se montrer calme.

— Je ne pense pas. Je les ai isolés, à tout hasard.

— Ils ont des plaques sur la peau?

— Non.

Donadieu aurait pu parier qu'avant trois jours le commissaire du bord arriverait à ses fins avec madame Dassonville. Cela l'amusait d'autant plus que la femme du fou, dans l'espoir, peut-être, de rendre jaloux le commissaire, prenait des airs penchés avec le plus jeune des lieutenants.

— Pauvre type! dit-il en désignant l'ingénieur du regard.

— D'autant plus, renchérit le chef mécanicien, qu'il descend à Dakar et que sa femme continue.

Ils sourirent. C'était à chaque voyage la même chose!

L'après-midi s'écoula selon les rites. Tout le monde prit le café au bar. Puis ce fut la sieste dans les cabines. Avant de fermer son volet, Donadieu aperçut madame Huret qui, profitant de ce que le pont était désert, venait y prendre l'air.

Elle semblait gênée de se trouver en première classe et elle regardait avec timidité les stewards qui passaient, comme s'ils eussent été capables de lui demander son billet et de la reconduire en seconde.

Elle portait la même robe sombre que la veille; ses cheveux tombaient sur sa nuque. Elle n'osait même pas se promener. Elle faisait quelques pas, s'accoudait à la lisse, marchait encore un peu, très peu, s'arrêtait, désemparée, pour s'accouder de nouveau et contempler la face luisante de la mer. Son casque était décoloré, ses jambes, sans bas, finement marbrées de varices naissantes.

Donadieu referma le volet et une pénombre dorée régna dans la cabine. Il voulut se laver les dents, se souvint que l'eau était coupée, se déshabilla en soupirant et s'étendit, nu, sur la couchette, comme il en avait l'habitude.

Lorsqu'on gratta à sa porte et qu'un grincement du sommier annonça qu'on avait entendu cet appel, il n'y eut pas le murmure traditionnel :

— Il est quatre heures et demie...

Ce fut une autre voix, celle de Mathias, qui prononça :

— Il faudrait venir tout de suite chez les deux Chinois.

A cinq heures, l'un des deux était mort. On referma avec soin la porte de sa cabine. Pour aller faire son rapport au commandant, le docteur traversa le gaillard d'avant et vit les autres

Annamites, assis à même le pont et jouant aux dés, pour la plupart.

Cela ne les empêcha pas de le voir. De tous les coins, des yeux sombres étaient fixés sur lui, sans fièvre, sans curiosité indiscrète, sans rancune même. Ils avaient déjà vu mourir tant de camarades, à Pointe-Noire!

Donadieu, un peu gêné, traversa les groupes, enjamba des nègres qui dormaient sous l'échelle, fit un détour pour éviter Lachaux affalé dans un fauteuil-hamac.

Sur le pont supérieur, il passa devant le poste de T.S.F. dont la porte était ouverte. Une voix l'interpella de l'intérieur où, par contraste avec la clarté du dehors, l'ombre était impénétrable.

— Mort?

Tout le monde le savait déjà, évidemment!

Le commandant qui s'habillait après la sieste, demandait à son tour :

— Des plaques?

— Non. Dysenterie amibienne.

Seulement, le commandant lui-même était soupçonneux et hésitait à le croire!

III

On immergea le Chinois mort à six heures du matin. Plus exactement, la cérémonie prévue pour six heures eut lieu à six heures moins cinq, et ce ne fut pas par hasard.

Les Annamites avaient été prévenus et on leur avait permis d'envoyer une délégation de quatre hommes. Ils arrivèrent les premiers sur la plage arrière, alors que le jour n'était pas encore levé. Autour d'eux, les matelots faisaient à grand bruit la toilette du bateau, et on voyait de la lumière aux hublots de quelques cabines, celles des officiers qui devaient assister à la cérémonie.

Donadieu arriva lentement, de mauvaise humeur, car il n'aimait pas changer ses habitudes. Peu après, le commandant descendait, en tenue de drap, serrait la main du docteur.

Deux marins apportèrent le cercueil rudimentaire et les premiers rayons du soleil, en même temps qu'ils embrasaient une mer de métal poli, éclairèrent le bois raboteux.

Deux ou trois fois, le docteur se tourna vers l'avant, où on entendait de légers bruits. Sans doute les Chinois, malgré l'interdiction, se postaient-ils à tous les endroits d'où ils pouvaient voir quelque chose.

Le commandant regarda sa montre et Donadieu comprit : on n'attendait que le commissaire du bord, qui parut enfin. Mais il n'était pas seul; madame Dassonville l'accompagnait.

Le commandant et le médecin échangèrent un regard. Quand la jeune femme s'avança vers eux, ils s'inclinèrent avec froideur et Neuville prit un air embarrassé.

Il y avait encore cinq minutes à attendre mais le commandant, d'un geste sec, se découvrit, tira de sa poche un petit livre relié en noir, et commença la prière des morts.

Ce fut bâclé. La présence de madame Dassonville, qui la veille au soir, au cours du bridge, avait supplié le commissaire de la faire assister à la cérémonie, mettait une note fausse.

Et, bientôt, Donadieu souhaita qu'on en finît plus vite encore, car, sur le pont-promenade qui dominait la plage arrière, se dessinait une nouvelle silhouette, une femme qui, celle-là, ignorait jusqu'à la mort de l'Annamite.

C'était madame Huret qui faisait sa promenade, comme chaque matin, et qui s'arrêtait en apercevant un cercueil entouré de gens en uniforme.

La bière fut posée sur une glissière. Un matelot la poussa et elle prit, lentement d'abord, le chemin de la mer. Puis l'allure s'accéléra. Il y avait plusieurs mètres à franchir dans le vide. Les quatre Annamites restaient immobiles, comme sans pensées.

Le choc avec l'eau eut lieu et alors il se passa un accident rarissime, surtout par mer plate. Le cercueil toucha la surface de telle sorte qu'il éclata. Madame Huret, là-haut, fut la première à s'en apercevoir et poussa un cri en se prenant la tête à deux mains.

Le commandant eut la présence d'esprit de faire signe à l'officier de quart pour qu'il accélérât l'allure du navire.

Les quatre Annamites étaient accoudés au bastingage; madame Dassonville se penchait, désignait quelque chose de clair qui flottait dans le sillage de l'*Aquitaine*.

Ce fut tout. Le commandant salua de nouveau, sèchement. Derrière la jeune femme, le petit Neuville expliqua par gestes qu'il n'y pouvait rien. Quant à Donadieu, il descendit voir le Chinois qui n'était pas encore mort et qui restait inerte, le regard au plafond, en attendant son tour.

Le soleil s'était levé. Des écharpes de buée chaude s'étiraient au ras de la mer. On n'entendait, dans tout l'univers, que le halètement monotone de la machine.

Donadieu ne savait pas encore s'il se recoucherait. Il se dirigea vers le pont-promenade, en parcourut la moitié, fut surpris d'entendre des voix féminines. Au tournant, il comprit en apercevant madame Huret et madame Dassonville qui conversaient.

Il faillit passer sans rien dire. Ce fut le regard de madame Huret qui le retint et, marquant un temps d'arrêt, il s'enquit :

— Le petit a passé une bonne nuit?

Elle essaya de sourire en guise de remerciement, mais le spectacle auquel elle venait d'assister avait ébranlé ses nerfs au point que ses lèvres gardaient un frémissement convulsif.

Madame Dassonville crut devoir souligner :

— Je la comprends, docteur. Voir « ça » quand on a soi-même un malade!... Il paraît qu'il y a un autre Chinois à la mort?

— Non, madame.

Il se montrait réservé, distant même.

Madame Dassonville feignait de ne pas s'en apercevoir et ne perdait rien de son aisance. Malgré l'heure, elle portait une jolie robe de soie vert pâle qui s'harmonisait avec ses cheveux acajou. Tout comme à Paris ou ailleurs, elle avait de la poudre, du rouge aux joues, les lèvres faites, ce qui accusait le contraste avec la pauvre figure de madame Huret.

Donadieu les comparait, imaginait cette dernière bien habillée, bien portante surtout, transformée par un sourire heureux.

— Vous croyez, docteur, que c'est sans gravité de changer de marque de lait? Celui du bord n'est pas le même que celui de Brazza...

— Ce n'est pas grave, dit-il.

Il prit congé. Derrière lui, la conversation entre les deux femmes se poursuivit et il se demanda ce qu'elles pouvaient bien se dire. C'était madame

Dassonville qui avait commencé, c'était certain. Elle avait aperçu une femme sur le pont et elle avait été curieuse de savoir qui elle était.

Donadieu haussa les épaules. Tout cela ne le regardait pas. Il avait une heure vide avant la consultation des troisièmes et des secondes. Il en profita pour lire, assis sur sa couchette. C'était un livre de Conrad dont l'action se passait à bord d'un cargo, mais il lisait mal. Il pensait que, pendant la promenade de sa femme sur le pont, le jeune Huret faisait sa toilette, dans la cabine trop étroite qui sentait le lait suri.

Il ne savait pas pourquoi, d'ailleurs, il s'occupait davantage de ce garçon que des autres passagers. Ou plutôt il préférait ne pas se l'avouer.

Il avait une manie, quand il était mis en présence d'un inconnu, et ce n'était pas une manie de médecin puisqu'il faisait la même chose bien avant de choisir une profession.

Au lycée déjà, à la rentrée d'octobre, il observait ses nouveaux condisciples, s'arrêtait sur un visage, décrétait :

— C'est à lui qu'il arrivera malheur!

Car, chaque année, dans une classe, il y a un élève mort, ou accidenté.

C'était ridicule. Donadieu n'avait pas le don de double vue. Son choix, si l'on peut dire, ne se portait pas nécessairement sur le plus mal portant.

C'était très subtil. Il aurait été gêné d'en parler, d'autant plus qu'il n'y croyait pas tout à fait. Il sentait néanmoins que certains êtres sont faits pour la catastrophe comme d'autres sont nés pour la longue existence paisible.

Eh bien! dès le premier jour, il avait été frappé par le visage de Huret, alors qu'il ignorait qui il était et qu'il eût un enfant malade.

Or, il apprenait que le jeune homme était déjà enlisé dans la malchance. Il était marié. Il avait des charges. Son traitement devait à peine lui permettre de nouer les deux bouts, et, par surcroît, son bébé tombait malade, ce qui l'obligeait à regagner l'Europe.

— Je parie qu'ils n'ont pas un sou devant eux! Je suis même sûr qu'ils ont des dettes!

Car c'étaient des gens à avoir des dettes et à se ronger en vain sans pouvoir se dépêtrer.

Le boy gratta à la porte et Donadieu haussa les épaules, remit sa veste qu'il avait retirée, donna un coup de brosse à ses cheveux. Est-ce que cela le regardait? Quand il passa devant la cabine 7, la porte était entrouverte et il surprit les éclats d'une dispute.

— Tant pis! soupira-t-il.

Ce fut une des journées les plus chaudes. Il n'y avait pas un souffle d'air. La mer et le ciel étaient aussi pâles, aussi irisés que l'intérieur d'un coquillage.

Donadieu remit tant bien que mal un bras qu'une passagère de troisième s'était cassé en tombant dans la coursive. Vers dix heures, Lachaux le fit appeler dans sa cabine. Il était assis dans l'unique fauteuil, en pyjama, les pieds nus, un verre de whisky à portée de la main.

— Fermez la porte, docteur. Alors, le Chinois?

— C'est fait.

— On continue à prétendre que c'est de la dysenterie?

— Mon rapport figure au livre de bord. Vous m'avez demandé de venir pour vous soigner?

Lachaux grogna, retroussa son pyjama sur une jambe enflée. Il avait l'habitude de regarder les gens en dessous, comme si toujours il eût soupçonné son interlocuteur de lui cacher quelque chose ou de préparer un mauvais coup.

— Vous savez aussi bien que moi ce que vous avez, dit Donadieu. Combien de médecins avez-vous consultés?

C'était encore une manie de Lachaux. Il questionnait tous les médecins, proclamait qu'il ne croyait pas à la médecine et ricanait :

— On va bien voir si vous êtes capable de faire quelque chose pour moi!

Il n'y avait rien à faire, d'ailleurs. Il avait passé quarante ans dans la brousse et dans la forêt équatoriale, sans se soigner, collectionnant littéralement les maladies au point qu'il en était pourri.

— Vous souffrez?

— Même pas.

— Dans ce cas, il est inutile d'aggraver le mal par des médicaments.

Donadieu voulut sortir. Lachaux le retint.

— A votre avis... commença-t-il.

Il détourna la tête, gêné, but une gorgée de whisky.

— A mon avis?

— Oui! Je serais curieux de savoir ce que vous me donnez à vivre. Cela vous embête, hein? Avec moi, vous pouvez y aller carrément!

Chose curieuse, Donadieu n'avait aucune idée de la réponse à faire. Alors qu'il ne savait même pas si Huret était malade, il aurait juré que son existence serait brève. Devant la chair faisandée de Lachaux, il était sans réaction.

— Vous êtes bien capable de vivre vieux! grommela-t-il.

— Vous espérez quelque chose?

— Je ne comprends pas.

— Je me comprends, moi! Mais cela m'est égal. Vous me diriez que je crèverai demain, que je boirais mon whisky aussi tranquillement.

Au-dessus d'eux, dans les fauteuils transatlantiques, somnolaient deux Pères Blancs qui voyageaient en seconde et à qui on permettait l'accès du pont-promenade. A l'arrière, une partie de palet commençait, sur l'initiative de Neuville qui expliquait le jeu à ceux qui ne le connaissaient pas encore. Les deux lieutenants et le capitaine étaient de la partie, ainsi que madame Bassot et madame Dassonville. Donadieu fut plus surpris d'apercevoir Huret avec un palet à la main. Huret, d'ailleurs, eut l'air gêné et salua gauchement le docteur.

Celui-ci s'assit dans l'ombre. La réverbération fatiguait les yeux et il tenait les paupières mi-closes si bien que les images, rendues floues par la grille des cils, devenaient irréelles.

Les joueurs passaient tour à tour dans le champ de son regard. Madame Dassonville était dans le même camp que Huret, qui se révélait assez adroit.

Elle portait toujours sa robe de soie verte et, quand elle s'agitait dans le soleil, son corps se dessinait en transparence, un corps long et robuste, plus racé mais moins voluptueux que celui de madame Bassot.

Les officiers préféraient nettement la femme du médecin fou, dont la bonne humeur ne se démentait guère. On la sentait avide de plaisir, de tous les plaisirs, et Donadieu, sans s'en apercevoir, observait ses aisselles humides, dont il devinait l'odeur. Après chaque coup, elle riait aux éclats, s'appuyait à un de ses compagnons, montrait ses dents, faisait tressauter sa poitrine.

— Pan! Pan!... dit quelqu'un près de Donadieu.

C'était son confrère dément, qui portait toujours la lourde capote d'ordonnance. Il était particulièrement agité mais, comme toujours, il vivait pour lui seul. Il avait aperçu une araignée sur la cloison et il feignait de tirer un coup de revolver.

— Pan! Pan!...

Aussitôt, ses sourcils se fronçaient. Quelque chose s'agitait dans sa mémoire. Il relevait la tête.

— Ah! oui... Coxyde... La tranchée...

C'était rapide, difficile à suivre.

— Tranchée... « Tranchée-artère »...

Il était satisfait de l'à-peu-près et, toujours debout à deux pas de Donadieu, il poursuivait sa pensée incohérente :

— Tension artérielle... Quatorze... C'est beaucoup, mon amiral!...

Son regard tomba sur Donadieu et il lui sourit amicalement, comme pour le rendre complice de son activité.

— ... Amiral... amiralement... Menton... Nice-Menton-Monte-Carlo... Carlovingiens... Ha! ha!...

Donadieu souriait aussi, parce qu'il était difficile de faire autrement et que son confrère semblait heureux de son approbation.

Cela dura un quart d'heure, avec des hauts et des bas, des suites échevelées d'images, de mots, de calembours, puis soudain des silences, un plissement du front, un effort douloureux. Bassot, à ces moments-là, touchait du doigt un point précis de son crâne. La douleur passait. Il éclatait de rire, semblait faire une bonne farce à l'univers.

C'était si flagrant qu'un instant Donadieu se demanda si ce n'était pas une comédie, si le docteur était vraiment fou. En tout cas, il lui restait un certain bon sens. Ainsi, il s'approcha du barman qui venait de servir Donadieu. L'apéritif de celui-ci l'attirait.

— Donne-moi mon sirop de groseille, Eugène! ricana-t-il. Sinon, ma femme va encore crier.

Il but vraiment du sirop de groseille, tandis qu'une flamme ironique pétillait dans ses yeux.

Une heure plus tard, Donadieu devait le voir absorbé par la contemplation de la fillette des Dassonville, qui jouait sous la surveillance de sa gouvernante.

Un peu avant le déjeuner, le commissaire du bord confia au médecin :

— Je ne sais pas ce que le commandant va décider.

— A propos de quoi?

— De Bassot. Tout à l'heure, madame Dassonville l'a aperçu qui rôdait autour de sa fille. Elle est allée trouver le commandant pour lui demander d'interdire au fou l'accès du pont.

Donadieu haussa les épaules, mais Neuville ne voyait pas les choses avec autant de détachement.

— Il est évident que la place d'un fou n'est pas sur le pont, dit-il.

Il rougit sous le regard du docteur.

— Ce n'est pas ce que vous croyez. Il n'y a rien entre elle et moi...

— Il n'y a encore rien!

— Peu importe. Il montera d'autres enfants à Port-Gentil et à Libreville.

— Que faisait Bassot avant d'être médecin militaire?

— Il était aliéniste, à la Salpêtrière. C'est justement parce qu'il a commencé à faire des bêtises qu'on lui a conseillé la colonie. Au lieu de guérir...

— Parbleu!

— Il paraît qu'il buvait sa bouteille de pernod avant chaque repas...

On entendait le rire de madame Bassot, le choc des palets sur le pont.

Le déjeuner fut plus animé que les jours précédents, car la plupart des passagers avaient fait connaissance. Il y eut même un événement important : Jacques Huret, au lieu de manger seul à une table, s'installa à celle des officiers et de madame Bassot.

Il était moins sombre. Il oubliait que sa femme, dans leur cabine, passait ses heures au chevet du bébé qui pouvait mourir d'une heure à l'autre. Il plaisantait avec ses compagnons. Le commandant, entiché d'étiquette, trouvait leur table un peu trop bruyante et manifestait une certaine impatience.

— Les ballasts? demanda Donadieu au chef mécanicien qu'il retrouvait à chaque repas.

— Ça se maintient. Il paraît que le Chinois, ce matin...

Ils mangèrent. Lachaux, sans raison, commanda du champagne et eut un regard de défi à l'adresse du docteur qui ne lui avait rien fait. La nurse et la fillette des Dassonville mangeaient à une table à part et parlaient anglais entre elles. Quant à Dassonville, il était préoccupé, car il se rendait à Dakar, puis à Paris, pour présenter des projets assez délicats qu'il mettait au point à longueur de journée.

Les deux heures de sieste sacramentelle s'écoulèrent dans le calme tandis que les matelots en profitaient pour astiquer les cuivres du pont.

On devait arriver à Port-Gentil vers six heures du soir et y rester deux heures environ. Quand la ligne sombre de la côte devint visible, les trois officiers d'infanterie coloniale et Jacques Huret jouaient à la belote, à la terrasse du bar, tandis que madame Bassot était accoudée au dossier d'une chaise et suivait la partie. Sur la table, des glaçons fondaient dans des apéritifs de trois couleurs différentes, et l'odeur d'orange se mêlait à un plus subtil relent d'anis.

L'*Aquitaine* donna son premier coup de sirène et on aperçut la ville, au fond de la baie. Ce n'étaient, en somme, que quelques maisons claires, avec des toits rouges, se découpant sur le vert sombre de la forêt. Deux cargos chargeaient des billes de bois que de petits remorqueurs amenaient jusqu'à leurs flancs. L'air était plein du vacarme des cabestans et des coups de sifflet. Le bruit de l'ancre dévalant jusqu'au fond domina un moment les autres sons, et quelques minutes plus tard une vedette accostait.

Les joueurs de belote n'interrompirent pas leur partie. Des Blancs montaient l'échelle de coupée. Des gens échangeaient des poignées de main. En quelques instants, le bar fut plein et animé comme un café d'Europe.

Mais la plupart des consommateurs n'étaient pas des passagers. C'étaient des habitants de Port-Gentil qui avaient une fois par mois la distraction de prendre l'apéritif à bord. Ils apportaient des lettres à poster, des paquets à remettre à des parents ou à des amis.

La nuit tombait, quelques lampes s'allumaient sur la côte qui semblait plus proche. Le commissaire du bord s'affairait, car il connaissait tout le monde et on l'appelait à toutes les tables.

Deux pirogues indigènes avaient accosté à l'arrière. L'une était pleine de poissons multicolores et dans l'autre s'entassaient de gros fruits verts, des mangues et des avocats. Le cuisinier, en toque blanche, discutait avec les nègres qui restaient immobiles, sans impatience, lançant parfois quelques mots d'une voix aiguë.

On finit par se mettre d'accord, et poissons et fruits passèrent sur le pont, tandis que l'on jetait aux indigènes des pièces de monnaie.

Donadieu se tenait à l'écart du mouvement quand le steward le rejoignit.

— Le commandant vous demande d'aller le voir au salon.

Il n'y était pas seul. Il était attablé en compagnie d'un médecin militaire qui avait le grade de général. Le commandant fit les présentations. Donadieu fut invité à s'asseoir.

— Le général vient avec nous jusqu'à Libreville. Je lui faisais part, docteur, de la demande dont j'ai été saisi ce matin.

Le médecin militaire était un bel homme à moustaches poivre et sel, et ses yeux avaient gardé une grande jeunesse.

— Vous devez être de mon avis, dit-il avec bonhomie.

— A quel propos?

— Au sujet de notre malheureux confrère. Le commandant encourt une lourde responsabilité. Une passagère s'est plainte...

— Elle a un enfant, précisa le commandant.

— Madame Dassonville, je sais!

Le commandant se hâta d'ajouter :

— Je dois dire, d'ailleurs, que madame Bassot elle-même préférerait savoir son mari en lieu sûr.

Comme par hasard, le fou passa sur le pont, l'air réfléchi, parlant à mi-voix, pour lui seul.

— Je suppose que vous ne voulez pas l'enfermer dans le cabanon?

— C'est-à-dire que si cela devenait nécessaire... En tout cas, on pourrait lui interdire l'accès du pont à certaines heures...

Des cocktails étaient servis. Donadieu ne but que la moitié du sien et se leva.

— Le commandant jugera, articula-t-il. Personnellement, je considère Bassot comme inoffensif.

Un peu plus tard, le bateau se vida de la foule étrangère. Les passagers se retrouvèrent dans la salle à manger où il y eut quelques changements.

Le commandant avait pris le général à sa table et, comme celui-ci connaissait les Dassonville, il les avait invités aussi, tandis que Lachaux était exilé à une autre table en compagnie du commissaire du bord.

Le hasard voulait qu'on ait chargé deux cents tonnes de bananes qui devaient voyager en pontée. Par le fait, la gîte était plus accentuée, au point que les tasses glissaient dans les soucoupes.

— Cela tombe bien! fit en souriant le chef mécanicien. Justement, on m'a prévenu qu'on avait un général à bord et on m'a demandé de faire l'impossible pour redresser le bateau!

Le second Chinois en profita pour mourir pendant le dîner, que Donadieu dut interrompre. Il remarqua, en passant, que Jacques Huret, qui avait bu plusieurs apéritifs, était gai et parlait d'une voix sonore.

Le docteur plongea dans la chaleur des troisièmes classes, trouva Mathias au seuil d'une cabine.

— Fini! annonça l'infirmier. J'ai trouvé son argent sous l'oreiller.

Il y avait deux mille trois cents francs, gagnés en trois ans à poser des traverses de chemin de fer.

Cela se traduisait, pour Donadieu, par une bonne heure à remplir des paperasses.

IV

C'est à l'escale de Port-Bouet, huit jours après le départ de Matadi, qu'eut lieu, en somme, le premier contact entre Jacques Huret et le docteur.

Dès Libreville, la vie avait changé une fois encore. On avait embarqué une quarantaine de passagers, dont dix ou douze de première classe. Mais il s'était produit ce qui se produit toujours en pareil cas : les anciens les remarquèrent à peine. Ce qui embarquait maintenant, à quelques exceptions près, c'était de la foule anonyme, comme la foule des élèves des petites classes vue par les grands de rhétorique.

Le général était descendu et avait été remplacé à la table du commandant par un fonctionnaire civil, un petit vieux très maigre qui avait trente ans de colonie et qui n'en avait pas moins gardé une peau d'un blanc d'ivoire, des mains soignées, un air tatillon de bureaucrate mal portant.

Lachaux reprit sa place et désormais les trois hommes devaient se retrouver à tous les repas.

Il y avait aussi des femmes de fonctionnaires,

deux petits garçons et une fillette, et quelqu'un eut l'idée, dès le lendemain du départ, de les faire farandoler sur le pont, la main dans la main, en chantant des rondes enfantines.

A huit heures du matin déjà, Donadieu percevait des voix aigrelettes qui lançaient :

— « Frère Jacques, dormez-vous, dormez-vous... »

Maintenant, pour se promener, il fallait choisir son heure car, presque toujours, des fauteuils transatlantiques étaient plantés en travers du passage. Parmi les nouvelles passagères, il y en avait deux, dont une grosse, qui faisaient du crochet du matin au soir et dix fois par jour une pelote de laine verte, d'un vert acide, roulait sur le pont et se dévidait.

— Jeannot!... Ramasse ma laine!...

Jeannot était un des gamins.

Quel changement y avait-il encore? Les lieutenants et le capitaine d'infanterie coloniale ne jouaient plus à la belote. Cela s'était passé une heure après le départ de Libreville. Un coupeur de bois, Grenier, qui venait d'embarquer, les regarda jouer en buvant son apéritif. Donadieu le remarqua parce qu'il était le seul à bord à ne pas porter le casque. En outre, il n'avait pas l'allure d'un coureur de forêts, mais il faisait penser aux petits bars de Montmartre ou de la place des Ternes.

Quand le docteur eut fait son second tour de pont, Grenier avait entamé la conversation avec les officiers et avec Huret qui était de la partie.

Au quatrième tour, on commençait un poker.

Depuis lors, c'était réglé, et le soir madame Bassot avait toutes les peines du monde à trouver un cavalier pour danser au son du pick-up.

Sur la table, selon le règlement, il n'y avait que des jetons qui passaient de main en main. Seulement, la partie finie, on voyait les portefeuilles sortir des poches.

L'esprit du groupe n'était plus le même. Personne ne consentait à jouer au palet avec les femmes. Les sourires étaient plus nerveux, Donadieu se trompait peut-être mais, à plusieurs reprises, il avait eu l'impression que Huret lui lançait un message muet.

On était dans les eaux du golfe de Guinée, où la houle règne d'un bout de l'année à l'autre. Des gens, parfois, quittaient soudain la salle à manger et on savait ce que cela voulait dire. On les retrouvait ensuite à la terrasse du bar, où l'on était moins incommodé qu'ailleurs.

Huret y passait la plus grande partie de la journée. Il n'était pas malade mais, à ses narines pincées, on devinait qu'à la moindre imprudence il lui faudrait se précipiter vers le bastingage.

Quand il rencontrait le docteur, il esquissait comme les autres un vague salut. Pourtant, il y avait en plus, dans son regard, comme un appel honteux.

Avait-il deviné que Donadieu s'intéressait à lui?

« Tu as tort de jouer! » se disait le médecin.

Et il essayait de passer près des tables au moment où l'on échangeait les jetons contre de l'argent, afin de savoir si Huret avait perdu.

Quant à madame Dassonville, elle avait presque disparu de la circulation. On la voyait sans la voir. Elle ne faisait plus partie des groupes. Le commissaire du bord avait découvert qu'elle jouait aux échecs et, des heures durant, il restait face à face avec elle dans le fond du bar où il n'y avait jamais personne, car les passagers préféraient la terrasse.

C'était une pièce sombre, aux banquettes de cuir noir, aux lourds fauteuils, aux tables d'acajou. Le ventilateur y ronronnait du matin au soir et seule passait parfois la silhouette blanche et silencieuse du barman.

Le couple n'était guère dérangé. En passant sur le pont, on se contentait de jeter un bref regard par la vitre et l'on n'apercevait que des formes vagues dans la pénombre.

De temps en temps, Dassonville s'installait à une table avec ses dossiers, ses plans et ses épures, et il travaillait sans arrière-pensée à deux mètres de sa femme.

Entre Donadieu et le commissaire, il n'était jamais question de cela. S'ils se rencontraient, le médecin se contentait de demander :

— Ça va?

Et, comme s'il n'eût existé qu'une seule chose intéressante au monde, le petit Neuville répondait par un clin d'œil.

Le navire avait toujours de la gîte. Les

conduites d'eau étaient fermées un certain nombre d'heures par jour. Les anciens passagers avaient fini par s'y habituer. Les nouveaux couraient derrière le chef mécanicien ou derrière le commandant pour questionner :

— C'est vrai qu'il y a une déchirure à la coque?

On essayait de les calmer. Le chef mécanicien faisait des prodiges pour réduire la gîte autant que possible.

Le matin de l'arrivée à Port-Bouet, un peu avant qu'on vît la terre, Donadieu rencontra madame Huret qui, comme chaque jour, prenait l'air sur le pont. Il s'approcha pour la saluer.

— Bébé va bien? demanda-t-il d'une voix encourageante.

Elle leva la tête et il la trouva changée. Ses traits, au lieu de se buriner, étaient plus flous qu'au départ. La chair semblait être devenue molle et avait perdu toute couleur. En même temps, la moindre coquetterie avait disparu et c'est à peine si la jeune femme s'était peignée.

Lut-elle de l'étonnement ou de la pitié dans les yeux de son interlocuteur? Toujours est-il que ses paupières se gonflèrent, que son menton toucha sa poitrine cependant qu'elle reniflait.

— Allons! Allons! Le plus dur est passé! Dès que nous aurons quitté le golfe, dans quatre ou cinq jours...

Elle tortillait un mouchoir humide entre ses doigts, reniflait toujours, une larme fluide sur la joue gauche.

— Du moment que l'enfant a résisté jusqu'ici... Maintenant, c'est vous qu'il faudrait soigner et je crois que je vais exiger votre présence sur le pont un certain nombre d'heures par jour. Est-ce que vous mangez bien?

A travers ses larmes, elle eut un sourire ironique et il regretta sa question. Comment eût-elle eu de l'appétit quand on lui apportait ses repas dans une cabine étroite où séchaient toujours des langes d'enfant?

— Supportez-vous bien la mer?

Elle haussa imperceptiblement les épaules. Cela voulait dire qu'elle s'y résignait. Donadieu devinait que, si elle n'était pas aussi malade que son mari, elle gardait une nausée continuelle, une douleur vague à la base du crâne, un dégoût dans la gorge.

— Je pourrais vous prêter des livres...

— Vous êtes gentil, dit-elle sans conviction.

Elle s'essuyait les joues, levait la tête, sans honte de montrer ses yeux rouges et son nez luisant. Le regard était plus ferme.

— Pouvez-vous me dire ce que fait Jacques toute la journée?

— Pourquoi me demandez-vous cela?

— Pour rien... Ou plutôt je le vois changer. Il est nerveux, irritable. Pour un mot, il se met en colère.

— Vous vous êtes disputés?

— Ce n'est pas cela. C'est plus compliqué. Quand il descend, on dirait qu'il vient au supplice. Si je lui demande le moindre service, il a l'air d'une victime et il est pris de nausées. Hier au soir...

Elle hésita. Ils étaient seuls, sur le pont-promenade, et on distinguait la ligne basse de la terre, quelques taches claires qui devaient être des maisons. Une pirogue plantée d'une voile rouge passa près du bateau et elle était si frêle, montée par un seul nègre au torse nu, qu'on se demandait comment elle avait pu venir de si loin.

— Hier au soir?... répéta Donadieu.

— Rien... Il vaut mieux que vous me laissiez... Je voulais seulement savoir si Jacques ne buvait pas... Il se laisse facilement entraîner...

— Il a l'habitude de boire?

— Cela dépend de ses amis. Quand nous sommes seuls, non. Mais s'il est avec des camarades qui boivent...

— Il supporte mal l'alcool?

— Il a des moments de gaieté. Après, il est triste, dégoûté de tout et il pleure pour un rien.

Donadieu réfléchissait, hochait la tête. Évidemment, il n'avait jamais compté les verres que buvait Huret. Celui-ci était toute la journée au bar, mais il ne buvait pas plus, par exemple, que les officiers. Deux apéritifs à midi. Une liqueur après le déjeuner. Deux apéritifs le soir...

— Non, je ne crois pas qu'il boive exagérément, répondit le médecin. A terre, ce serait beaucoup trop, mais à bord, où il n'y a rien d'autre à faire...

Madame Huret soupira, tendit l'oreille, car elle avait cru entendre un vagissement dans la cabine qui était juste en dessous d'eux. C'était l'heure où les autres enfants commençaient à courir sur le pont en criant de leur voix perçante :

— « Meunier, tu dors, ton moulin va trop vite... »

Des gens attendaient le docteur devant l'infirmerie.

— Quand vous serez en Europe, tout ira mieux.

— Vous croyez?

Donadieu n'avait pas besoin de confidences pour comprendre. Huret n'avait plus de situation. Il avait entendu parler de la crise.

— Que faisait-il, avant de partir en Afrique?

— Il était employé aux Grands Moulins de Corbeil. Nous sommes de Corbeil, tous les deux.

— A tout à l'heure, murmura Donadieu en s'éloignant et en soupirant à son tour.

Il n'y était pour rien! Il connaissait Corbeil, car il allait autrefois faire du canot à trois kilomètres en amont, à Morsang, juste au-dessus du barrage. Et le souvenir qu'il en gardait était un souvenir d'été, la Seine large et plate étirant des reflets paisibles, les trains de péniches, les rues étroites de Corbeil, le bureau de tabac près du pont, les moulins à gauche, avec les silos ronflants et la fine poussière de farine.

— Tant pis!...

Il reçut une passagère de seconde classe qui pleurait parce qu'elle craignait d'accoucher à bord. Elle avait calculé le terme à quelques heures près et elle suppliait le docteur d'intervenir auprès du commandant pour hâter la marche du navire.

Il ne pouvait rien y faire non plus! Sur le pont avant, les Chinois avaient pris leurs habitudes. Toute la journée, ils étaient calmes, faisant leur toilette avec soin, procédant à leur lessive, certains aidant à préparer les repas, car ils avaient obtenu de manger leur propre cuisine.

Mais Mathias racontait que la nuit, il y avait de terribles batailles dans la cale où, malgré la surveillance, ils jouaient un jeu d'enfer.

Par prudence, on leur avait pris leur argent, qui était déposé dans le coffre-fort du bord. A eux tous, ils avaient environ trois cent mille francs, mais quand on arriverait à Bordeaux la répartition serait inégale, les uns n'ayant plus rien, pas même une paire d'espadrilles, les autres ayant gagné jusqu'à cinquante mille francs.

On mouilla l'ancre en rade, assez loin de la plage où la houle se transformait en une barre bruyante. De la ville, on ne voyait presque rien : quelques maisons et une jetée en pilotis où accostaient les chaloupes.

Ou plutôt, elles n'accostaient même pas, à cause du ressac. C'était une manœuvre plus compliquée, la même qui commençait à bord.

Les embarcations, montées par des indigènes, se tenaient à l'arrière, à hauteur du mât de charge. Les passagers, qui débarquaient, s'installaient dans une sorte de nacelle assez ridicule, rappelant les balançoires de la foire du Trône.

A l'aide de palans, cette nacelle s'élevait, se

promenait un moment en l'air et venait se poser dans une barque.

Au bout de la jetée, la même opération recommençait. Une grue enlevait nacelle et passagers pour les déposer sur la terre ferme.

Cela dura des heures. La chaleur était plus intense qu'ailleurs. Le bateau étant sur ses ancres, le roulis était très sensible et on voyait les passagers promener des visages pâlis par une sourde angoisse.

Des indigènes, malgré cela, des Arabes surtout, en robe de couleur, en babouches jaunes, se hissaient sur le pont comme des pirates à l'abordage, défaisaient des ballots, donnaient au navire un air de foire en étalant partout des bibelots en ivoire, des divinités nègres en bois léger ou en ébène, de petits éléphants, des fume-cigarette, des pantoufles en serpent, des peaux de léopard mal tannées qui dégageaient une odeur fauve.

Les Arabes aussi suaient et sentaient mauvais, se raccrochaient à chacun en zézayant d'interminables offres de service.

La cale avant était ouverte et on chargeait du caoutchouc en vrac, des balles de café et de coton.

Les passagers avaient souhaité l'escale pour être au calme, et maintenant ils attendaient avec impatience l'heure du départ. Elle fut retardée parce qu'un haut fonctionnaire, qui devait s'embarquer et dont on devinait la villa blanche entre les cocotiers de la rive, ne se décidait pas à venir.

Au dernier moment, pour une raison ou pour une autre, il fit annoncer par un secrétaire qu'il prendrait le courrier suivant.

C'est à ce moment-là que Huret, qui se promenait tout seul en zigzaguant, à cause de la gîte, croisa une première fois le docteur et le regarda comme s'il eût hésité à l'interpeller.

Les deux hommes, qui contournaient le pont en sens inverse, devaient fatalement se rencontrer un peu plus tard et, cette fois encore, Huret hésita, continua sa route.

Les Arabes étaient toujours là, bousculés par les stewards qui donnaient l'ordre d'empaqueter la marchandise et de débarquer. On avait lancé le premier coup de sirène.

A la troisième rencontre, enfin, Huret s'arrêta, eut un geste pour retirer son casque.

— Pardon, docteur...

— Je vous écoute.

Donadieu n'avait qu'une quarantaine d'années, mais il donnait confiance, moins à la façon d'un médecin qu'à celle d'un prêtre, dont il avait un peu les manières.

— Je m'excuse de vous déranger. Je voudrais vous demander...

Huret était gêné. Il avait rougi. Son regard allait d'un Arabe à l'autre, sans se fixer.

— Vous croyez que l'enfant pourra vivre?

Et Donadieu pensait :

— Toi, mon petit bonhomme, tu es en train de mentir! Ce n'est pas pour me parler de cela que tu m'as guetté si longtemps.

— Pourquoi ne vivrait-il pas?

— Je ne sais pas. Il me semble qu'il est si petit, si faible... Nous l'avons eu à un moment où nous étions mal portants l'un et l'autre... Là-bas, ma femme souffrait beaucoup...

— Comme toutes les femmes.

— Je ne crois pas. C'est difficile à expliquer...

— Je sais ce que vous voulez dire, mais c'est sans importance en ce qui vous préoccupe.

— Vous pensez qu'elle redeviendra bien portante, elle aussi?

— Il n'y a pas de raison pour qu'elle reste souffrante. Elle passe par de durs moments. Lorsqu'elle sera en France et qu'elle aura une vie calme...

Et Donadieu se disait :

« Maintenant que tu as fini de mentir, arrive au but. »

Huret ne s'y décidait pas. Il ne quittait pas non plus son interlocuteur. Il semblait craindre de le voir s'éloigner et il se hâtait d'ajouter :

— Peut-être fait-elle un peu de neurasthénie, n'est-ce pas?

— Je ne l'ai pas examinée de ce point de vue. Avez-vous eu des crises de paludisme?

— Moi. Pas elle.

— Vous en serez quitte pour prendre quelques précautions, en France. Votre médecin vous en guérira sans doute, car, depuis quelques années, on en guérit.

— Je sais.

Il ne parlait toujours pas. Quelle pensée, quelle

crainte se cachait derrière son front buté? Donadieu se demanda un instant si Huret ne voulait pas lui avouer quelque maladie plus secrète, mais il n'en avait pas trouvé les symptômes chez l'enfant.

Les Arabes débarquaient. De nouveaux passagers erraient sur le pont dont ils prenaient possession.

— Ma femme ne vous a rien dit, ce matin?

— Rien de particulier. Elle est fatiguée. Elle s'inquiète de votre nervosité.

Huret eut un bref sourire plein de désespoir.

— Ah!

— Je sais que dans la chaleur de la cabine vous devenez malade. Il est certain que vous supportez mieux la mer sur le pont...

Huret comprenait. Un instant, son regard accrocha celui du docteur et peut-être fut-il sur le point de se confier.

— C'est parfois l'affaire d'un mot gentil, d'un geste, reprit Donadieu qui ne voulait pas perdre son avantage. Excusez-moi de vous dire cela. Quand vous descendez, il vous suffirait d'un peu...

Un peu de quoi? Il ne trouvait pas le mot. Il faillit dire tendresse, mais le terme lui parut saugrenu en tel endroit. Comme madame Huret l'avait fait le matin, son mari baissait la tête et Donadieu était sûr qu'il avait les yeux mouillés.

Seulement, il était plus nerveux. C'était même la nervosité qui l'emportait et ses doigts s'étaient accrochés à un bouton de sa veste blanche qu'ils allaient arracher.

— Je vous remercie, docteur.

Cette fois, il s'éloigna et le médecin n'eut qu'à continuer sa route tandis qu'on virait l'ancre et que le bateau, en gagnant le large, prenait tant de gîte que les passagers devaient se retenir à la rambarde. Au bar, par malheur, deux verres avaient glissé et s'étaient écrasés sur le pont.

Lachaux était là, tout seul, près d'un groupe de nouveaux passagers et du groupe des officiers.

Il parla, comme s'il eût parlé pour lui seul, d'une voix amère, mordante, en s'assurant qu'on l'écoutait. Tout le monde savait qui il était. Ses quarante années d'Afrique, sa fortune, sa place même à la table du commandant, dans la salle à manger, lui donnaient du prestige.

— Le gouverneur a été plus malin ou mieux informé que nous! Ses deux cabines étaient retenues, ses bagages au bout de la jetée. N'empêche qu'il n'a pas embarqué!

Lachaux éprouvait une satisfaction évidente à parler de la sorte et surtout à voir une assez jeune femme, qu'on ne connaissait pas encore, manifester de l'inquiétude.

— Je me demande jusqu'à quel point ce n'est pas la compagnie qui l'a prévenu. Mais pour nous, le bateau est assez bon tel quel, avec une déchirure dans la coque, de l'eau douce en quantité restreinte et une hélice faussée. Vous n'avez qu'à écouter. On entend parfaitement qu'une hélice ne tourne pas rond.

Tout le monde était fatigué. L'escale avait été démoralisante, avec le roulis perpétuel, le vacarme des treuils qui n'avaient pas cessé de fonctionner, l'odeur des nègres et des Arabes qui avaient envahi le bateau, leurs cris, leurs allées et venues, la chaleur enfin, qui arrivait de terre par bouffées lourdes.

Hommes et femmes avaient de grands demi-cercles mouillés sous les bras. Dans les verres, la glace fondait plus vite que d'habitude et, après quelques minutes, les boissons étaient écœurantes de tiédeur.

Grenier était là, le coupeur de bois de Libreville qui avait implanté le poker à bord. Ce n'était pas un fonctionnaire, ni un employé de compagnie. Il avait son franc-parler.

— Vous croyez qu'on risque quelque chose? demanda-t-il à Lachaux.

— C'est-à-dire que si nous avons une tempête, soit ici, soit dans le golfe de Gascogne, je me demande comment on s'en tirera.

— Dans ce cas, je descends à Dakar et je prends un bateau italien. Il y en a un chaque semaine pour Marseille.

La jeune femme serrait le bras de son mari et ne pouvait quitter les deux hommes du regard. Elle avait de grands yeux candides et effrayés.

— Je parie ce qu'on voudra que les pompes vont encore fonctionner toute la nuit. A l'escale, ils n'ont pas osé les faire marcher, parce que c'est trop flagrant et qu'ils ne veulent pas affoler les passagers. J'ai vu le cas, il y a dix ans...

On l'écouta avec plus d'attention.

— Nous sommes restés un mois en mer, à dériver, avant d'être remarqués par un bateau allemand. Il n'y avait pas de Chinois à bord, mais des nègres et on nous cachait que ceux qui mouraient étaient atteints de fièvre jaune.

Lachaux regarda, en disant cela, Donadieu qui venait de s'asseoir et de commander un whisky.

— Je fais encore un pari! Avant Dakar, il y aura, parmi les Annamites, deux morts nouveaux au moins et on nous racontera que c'est de la dysenterie...

Huret écoutait, les yeux cernés, appuyé à une colonne de la terrasse. Son regard rencontra celui du docteur et il détourna la tête.

Quand il se fut habillé pour le dîner, Donadieu croisa le commissaire de bord qui revenait de la cabine du commandant.

— Il faut amuser les passagers, annonça-t-il. Demain, on commence les petits chevaux, avec Pari Mutuel.

Quelque chose le frappa dans l'attitude ou dans la physionomie du docteur.

— Ça ne va pas? questionna Neuville.

— Je ne sais pas... Peut-être...

Ce n'était rien, qu'une impression, pas même, un vague malaise qui n'avait aucune cause précise. Le dîner fut morne. Des passagers incommodés par la houle quittèrent les tables l'un après l'autre et, au bar, la partie de poker fut entrecoupée de conciliabules à mi-voix.

V

Donadieu en arrivait parfois à rougir de ses pensées. Huret le préoccupait de plus en plus et ce n'était pas simple curiosité.

Les sentiments du docteur étaient plus complexes et lui rappelaient le problème qui avait frappé jadis son cerveau d'enfant. Pendant une année entière, en effet, au lycée, il avait ruminé le mystère de la destinée.

L'homme est libre de ses actes, affirmait son professeur de religion. Mais il ajoutait aussitôt :

— Dieu sait depuis le commencement du monde ce qui arrivera dans la suite des temps, y compris les faits et gestes du plus humble animal.

Le jeune Donadieu ne comprenait pas comment l'homme pouvait être libre alors que ses avatars étaient prévus d'avance.

Il y pensait à nouveau à cause de Huret. C'était presque le même problème. Depuis qu'il l'avait rencontré, il « sentait » qu'une catastrophe menaçait le jeune homme, qu'elle fondrait quasi mathématiquement sur lui à un moment donné.

Et il le regardait vivre; il l'épiait, finissait par s'impatienter. Aucune catastrophe ne se produisait en dépit d'une atmosphère qui devenait chaque jour plus lourde et angoissante.

La preuve que Donadieu ne se trompait pas, qu'il ne se laissait pas aller à son imagination, c'est que la plupart des êtres, à bord, se comportaient comme à l'approche d'un malheur.

Les animaux s'énervent plusieurs heures avant l'orage et toute la nature est inquiète.

Eh bien! cette inquiétude-là, on la sentait percer dans des gestes anodins, dans des attitudes qui pouvaient passer pour normales.

Ainsi, le matin, alors que madame Huret faisait sa promenade sur le pont, on vit poindre la silhouette de Bassot vêtu de son inévitable capote kaki. La rencontre eut lieu près du bastingage. Les yeux du fou riaient et, au lieu de lancer les kyrielles de mots sans suite, il prononça :

— Bonjour, petite sœur.

Elle eut peur. Pourtant, elle se rassura et il s'accouda pour lui parler sans que Donadieu pût entendre ce qu'il disait.

Ce n'était rien. C'était un événement aussi banal que possible et pourtant la suite souligna l'agitation ambiante. Madame Bassot, en effet, parut à son tour sur le pont-promenade, se précipita vers le couple et, saisissant le bras de son mari, força celui-ci à la suivre. C'était si inattendu, si brutal, que madame Huret en resta déconcertée et chercha le docteur des yeux pour se rassurer.

— Qu'est-ce que je lui ai fait? questionna-t-elle.

— Rien. Il ne faut pas vous inquiéter. Les passagers sont nerveux.

Il attendait, lui, que cela éclatât. Or, la matinée fut calme. La houle n'était pas trop importune, et des femmes en robe blanche jouaient au palet d'un bout à l'autre du pont. Vers onze heures, deux matelots commencèrent les préparatifs pour la partie de petits chevaux qui aurait lieu l'après-midi et ce fut une distraction de suivre leur travail.

Dans un coin, près du bar, ils avaient dressé une cabine munie d'un guichet et tracé les mots : « Pari Mutuel. »

Sur le pont, un champ de courses était dessiné à la craie, coupé de cases portant des numéros.

Les enfants s'intéressaient surtout aux chevaux en carton-pâte avec lesquels ils eussent voulu jouer et qui étaient réservés aux grandes personnes.

Le seul incident fut provoqué par le fou. Il regardait jouer les gosses. Madame Dassonville appela sa gouvernante et dit à voix haute :

— Tant que cet homme est là, je ne veux pas que ma fille reste sur le pont.

Les autres mères, qui ne s'étaient pas encore alarmées, se réunirent en un groupe frémissant. Bassot ignorait qu'il était le centre de l'attention et il parlait tout seul en errant parmi les enfants.

Tout le monde comprit quand on vit une des femmes se diriger vers la passerelle du commandant. Quelques minutes plus tard, au bar, on affirmait :

— Le fou a dit que, si les enfants faisaient encore autant de bruit, il les jetterait à la mer.

Était-ce vrai? N'était-ce pas vrai? Donadieu ne parvint pas à s'en assurer. Toujours est-il que le commandant descendit, s'approcha de Bassot qui devina la menace, car il fit quelques pas en arrière. Le commandant lui prit le bras, l'entraîna.

Ce fut tout.

— On l'a enfermé dans sa cabine, annonça-t-on à l'heure de l'apéritif.

Madame Bassot parut, surexcitée, s'assit à la table des officiers et on l'entendit qui disait :

— Je n'en puis plus! Si on ne prend pas de dispositions, je ne m'occupe plus de lui. Tant pis s'il arrive quelque chose!

— Il est méchant!

— Avec moi, oui. A l'instant, il m'a reproché d'avoir appelé le commandant, car il croit que c'est moi qui suis cause de tout.

Lachaux, le visage gras de sueur, écrasant sa chaise d'osier de sa masse, semblait humer l'inquiétude générale avec une joie perverse.

Mais Huret fut très calme. Il évita le regard du docteur et ne but qu'un apéritif.

A quatre heures, les courses commencèrent, imitant autant que possible le mécanisme des vraies courses de chevaux et surtout des paris.

Les bêtes, d'abord, furent mises aux enchères. Comme le bénéfice était destiné à l'œuvre des

Orphelins de la Mer, on se tourna vers Lachaux avec l'espoir qu'il ferait monter les prix, mais il se contenta d'acheter cent francs le premier cheval, tandis que seul Grenier, le coupeur de bois, apportait une certaine fièvre dans les enchères.

Les montures en place, le Mutuel fut ouvert et Donadieu vit Huret qui jouait sagement dix francs.

Les grandes personnes, debout autour du terrain dessiné à la craie, repoussaient les enfants qui se faufilaient pour voir quelque chose.

Le commissaire du bord chargea madame Dassonville de lancer les dés, et à sa façon de s'avancer on comprit que c'était convenu d'avance. Elle était d'ailleurs la plus élégante, la plus désinvolte.

Chaque coup de dés correspondait à l'avance d'un cheval et bientôt les coursiers en carton se dispersèrent au long du parcours.

C'était la première fois que tous les passagers étaient réunis de la sorte. Des gens qui ne s'étaient jamais adressé la parole engageaient la conversation. Le commandant avait fait pendant quelques minutes acte de présence.

Tandis que le Mutuel payait les gagnants de la première course, le docteur aperçut Huret en conversation avec madame Dassonville. C'était assez inattendu, et surtout qu'il fût très gai, très à son aise. Le commissaire était très occupé. Donadieu suivit le couple des yeux et le vit s'installer à une table pour prendre une consommation.

C'était presque un défi aux prédictions de Donadieu, qui découvrait un Huret très différent du jeune homme fiévreux des jours précédents. D'après les éclats de rire de la jeune femme, on pouvait supposer qu'il lui disait des choses spirituelles.

Et il semblait heureux, sans cette contraction des traits qui, d'habitude, lui donnait l'air de souffrir.

Devina-t-il les pensées du médecin qui l'observait? Un voile passa sur son visage, mais l'instant d'après il retrouvait son entrain juvénile.

Tel quel, il n'était pas laid. Il était même joli garçon, avec quelque chose d'enfantin et de tendre dans le regard, dans la moue des lèvres, dans sa façon de pencher la tête. Madame Dassonville le découvrait et Donadieu était sûr qu'elle pensait comme lui.

« C'est maintenant qu'il va faire des bêtises, se dit-il. Pour l'éblouir, il va jouer gros jeu, acheter un cheval de la seconde course, offrir du champagne... »

Car le coupeur de bois, dont l'écurie avait gagné, payait le champagne au groupe des officiers et l'exemple allait être contagieux. Il y avait une détente. On ne pensait guère à la gîte du bateau. Des toiles tendues donnaient de l'ombre et la température était supportable.

— Le commandant vous prie d'aller le voir tout de suite.

Donadieu gagna la passerelle, trouva le commandant en tête à tête avec madame Bassot, dont il n'avait pas remarqué l'absence sur le pont. Elle s'essuyait les yeux et sa poitrine se soulevait à une cadence rapide. Le commandant, assis devant son bureau, était soucieux.

— Il est désormais impossible de faire autrement, dit-il sans regarder le docteur. C'est Madame elle-même qui réclame la mesure. Quand nous aurons encore escalé une fois ou deux, il y aura vingt enfants sur le pont et je ne puis prendre d'aussi lourdes responsabilités.

Donadieu avait compris, mais ne soufflait mot...

— Profitez donc de ce que les passagers sont réunis sur le pont pour emmener le docteur Bassot dans la cabine...

Il n'osait pas dire :

— Le cabanon...

Et madame Bassot continuait à sécher ses larmes sur ses joues pleines et fraîches.

— Prenez trois ou quatre hommes avec vous, c'est plus sûr.

— Madame m'accompagnera? demanda Donadieu.

Elle fit non de la tête, avec énergie, et le docteur salua, descendit lentement, vit de loin la partie de petits chevaux qui recommençait. Le soleil, déjà bas sur la ligne d'horizon, devenait rouge et sur le gaillard d'avant les Chinois étaient étendus pêle-mêle dans un bienheureux état d'euphorie.

Donadieu appela Mathias et deux matelots. L'opération était assez délicate car la chambre de force, aux cloisons matelassées, se trouvait tout à l'avant sous le troisième pont, entre les machines et la cale des Annamites. Pour y accéder, il fallait passer sur le gaillard, parmi la foule des Jaunes, descendre un escalier roide, puis une échelle de fer.

Les quatre hommes, dans la coursive de première classe, se regardaient en hésitant. Un des matelots, à tout hasard, détacha une corde qui lui servait de ceinture et la garda à la main.

Tout au long de la coursive, les ventilateurs ronronnaient. Une femme de chambre observait la scène de loin, ainsi que le maître d'hôtel, le corps à demi engagé dans l'escalier descendant à la salle à manger.

Donadieu frappa à la porte de la cabine, tourna la clef, entrouvrit l'huis et aperçut le docteur Bassot qui avait le visage collé au hublot et inondé de soleil.

Dès cet instant, il eut la certitude que la folie de son confrère n'était pas aussi totale qu'on voulait le dire. Il n'y eut pas besoin d'un mot, ni d'un geste. Peut-être Bassot s'attendait-il depuis longtemps à ce qui arrivait?

Quand il aperçut la petite troupe, son visage prit une expression d'effroi, puis de rage, et il fonça droit devant lui, sans un cri, en poussant seulement une sorte de râle.

Il plongea ainsi entre les deux matelots qui lui

saisirent chacun un bras tandis que Mathias ne savait que faire.

Donadieu s'épongeait le front de son mouchoir. Il voyait se débattre désespérément le corps de Bassot et un craquement annonça que la capote kaki se déchirait.

Une porte s'ouvrit, dans la coursive, celle de la cabine 7. Madame Huret, alertée par le bruit, assistait au spectacle.

— Faites vite... soupira Donadieu en détournant la tête.

Les matelots tordaient les bras de Bassot et, après s'être concertés du regard, ils le soulevèrent soudain, l'emportèrent ainsi, gigotant, une jambe frappant le sol avec colère. La femme de chambre, surprise, s'écarta en courant. On entendit, sur le pont, la cloche du Mutuel.

Il restait à traverser le gaillard d'avant, où pas un Chinois ne bougea. Mais trois cents paires d'yeux bridés suivirent le groupe houleux jusqu'à l'écoutille puante. C'était à côté des cabinets. Là-dessous des centaines d'êtres vivaient pêle-mêle dans une chaleur telle qu'on renâclait en se penchant au-dessus de l'escalier.

Donadieu marchait le dernier, entendait des chocs sur la cloison de tôle. Ils signifiaient que Bassot se débattait toujours. Mais on ne pouvait rien voir; on descendait en file indienne; il fallut laisser passer Mathias, qui ouvrit la porte du cabanon

— Je lui mets la camisole?

Donadieu ne put parler, fit non de la tête, en

regardant ailleurs. Le cabanon, il le connaissait. C'était une cabine d'un mètre cinquante de large sur deux de long. Le hublot, au ras de la flottaison, était si étroit qu'il ne pouvait s'ouvrir qu'aux rares jours de calme plat. A cause de la proximité des machines, du rembourrage des cloisons, la température était insupportable.

Debout dans le couloir, le médecin entendit des piétinements, puis un choc, la porte qu'on refermait, et enfin un silence absolu.

Les deux matelots le regardaient comme s'ils eussent attendu un ordre nouveau, ou des félicitations, mais Donadieu se contenta de leur faire signe qu'ils pouvaient disposer. Mathias, les cheveux collés aux tempes, s'épongeait à son tour.

— Il va crever, annonça-t-il. Qui est-ce qui lui apportera à manger?

— Toi.

Mathias hésitait. Ce n'était pas la première fois qu'on enfermait quelqu'un dans le cabanon et presque toujours, quand on en ouvrait ensuite la porte, on se trouvait en face d'un forcené.

— Viens...

Donadieu n'avait pas le courage de rentrer chez lui pour faire son rapport. Quand il émergea sur le pont des troisièmes, parmi les Annamites, il aperçut madame Bassot en compagnie du commandant à l'extrémité de la passerelle, d'où elle avait vu passer la masse gigotante de son mari.

— C'est fait! fit-il comprendre de la tête.

Et il arriva sur le pont-promenade pour la fin

de la dernière course. La première personne qu'il distingua dans la foule fut Jacques Huret, dont le visage rayonnait. Il attendait son tour devant le guichet et chacun lui adressait la parole, le regardait d'un œil amusé, car il venait de gagner un peu moins de deux mille francs.

C'était un hasard incroyable, étant donné qu'il n'avait acheté qu'un cheval, pour cent cinquante francs, et misé trente francs au Mutuel.

Il avait les prunelles brillantes, les lèvres humides. Le regard qu'il lança au docteur était presque un regard de défi. Il semblait lui crier :

— Ah! vous m'observez toujours avec pitié comme si j'étais d'ores et déjà condamné! Eh bien! le sort vient d'opter pour moi. Mes mains sont pleines de billets de cent francs. J'ai passé l'après-midi avec la femme la plus jolie et la plus distinguée du bord...

Fébrile, il eut de la peine à réunir les gens qu'il voulait réunir, c'est-à-dire, dans la bousculade qui suivait la partie, à installer autour d'une table madame Dassonville, le coupeur de bois et les officiers.

— Du champagne! lança-t-il au barman.

Donadieu lut une courte hésitation dans ses yeux. L'idée lui était sans doute venue de porter la bonne nouvelle à sa femme. Mais pouvait-il décemment le faire? Quand le coupeur de bois avait gagné la première course, il avait offert le champagne. Huret, qui avait gagné quatre fois plus, devait l'imiter. Et il ne pouvait laisser madame Dassonville seule.

Le nuage subsista quelques instants sur son visage, puis le champagne fut servi, les passagers prirent peu à peu leur place sur la terrasse, par groupes, le groupe le plus bruyant restant celui de Huret.

Donadieu était seul dans le coin qu'il se réservait toujours.

Il fut étonné de voir le commissaire du bord, les comptes du Mutuel terminés, s'approcher de lui et non de madame Dassonville.

— Il paraît qu'on l'a bouclé?

Donadieu fit signe que oui.

— C'est quand même plus prudent. Un accident, et le commandant jouait sa place, toi aussi...

Neuville, qui avait l'esprit vif, suivit le regard du docteur qui se portait sur madame Dassonville et comprit.

— Je jette du lest... souffla-t-il en buvant son whisky.

— Déjà?

— Deux fois, nous avons failli être surpris, la première fois par le mari, la seconde par la gamine, il n'y a pas trois heures...

— Ah!

Donadieu souriait légèrement. Le commissaire, au contraire, prenait la chose au sérieux.

— Le mari descend à Dakar. Si elle est déjà aussi imprudente quand il est présent, qu'est-ce que cela sera après?

Évidemment! Neuville était un garçon réfléchi.

Il faisait la juste balance entre le plaisir et les désagréments qui peuvent en résulter.

Dans le champ de son regard, Donadieu avait le petit Huret et madame Dassonville, qu'entouraient les tuniques blanches des officiers. Il y avait trois bouteilles de champagne sur la table. Madame Dassonville répondait gaiement à ses compagnons, mais de temps en temps elle lançait un coup d'œil furtif au commissaire qui lui tournait le dos.

— Tu crois qu'elle te laissera en paix?

— Elle paraît déjà très occupée...

Et Donadieu pensait encore à sa vieille leçon de religion, à ses affres d'enfant.

Huret était libre de ses actes! Huret avait été libre maintenant de regarder madame Dassonville avec ravissement...

Tout à l'heure, quand Donadieu l'avait vu calme et sérieux, le visage détendu, il avait douté de son diagnostic.

— Les desseins de la Providence sont impénétrables..., se récita-t-il à lui-même.

Encore un vieux souvenir d'enfance. La première fois qu'il avait lu cette phrase, ne s'était-il pas trompé sur le sens du mot « dessein » et n'avait-il pas imaginé un rébus aux lignes embrouillées?

Le moral, à la terrasse du bar, était aussi satisfaisant que possible, au point que le commandant, à qui cela arrivait rarement, vint prendre l'apéritif à la table de Lachaux. Quelqu'un avait parlé de la fête qui, ainsi qu'à chaque traversée, se déroulerait aussitôt après Dakar. On discutait des déguisements possibles et surtout de la question de savoir si, ce soir-là, afin d'obtenir plus d'entrain, les premières et les secondes classes seraient exceptionnellement réunies.

Dassonville était présent, non dans le groupe surexcité qui entourait sa femme, mais à la table du vieil administrateur qui lui parlait des premiers travaux de la ligne Congo-Océan et surtout de ceux, plus anciens encore, de la ligne Matadi-Léopoldville.

Madame Bassot arriva la dernière. Elle était allée dans sa cabine se poudrer et changer de robe. Il y avait un peu de poudre en trop à l'aile droite du nez et cela lui donnait un aspect étrange.

Elle hésita en voyant que madame Dassonville avait pris sa place. Car, en somme, elle était l'invitée en titre de la table des officiers. Mais un lieutenant, très galamment, lui offrit sa chaise, cria au barman d'apporter une coupe de plus.

Il y eut un bref échange de regards entre les deux femmes. Huret, triomphant, se penchait pour parler vers sa voisine.

— Est-ce qu'on danse, ce soir? demanda-t-il.

Il n'avait pas encore dansé à bord, lui, faute de partenaire. Il s'était toujours contenté de regarder les autres du coin sombre où il buvait son café et sa fine.

— Ce sont toujours les mêmes disques, se plaignit madame Bassot.

— Il paraît qu'un mécanicien en a de très

bons, mais il faudrait que quelqu'un se charge de les lui demander.

Huret s'en chargea. Il se serait chargé de tous les péchés du monde pour rester dans cet état de légèreté optimiste.

— Où est-ce?

— Tout en bas.

Il se leva. Le champagne rendit ses gestes un peu maladroits, mais après trois pas il était d'aplomb et il plongea dans l'obscurité de l'escalier qui conduisait aux troisièmes.

Madame Dassonville en profita pour regarder le commissaire avec insistance et celui-ci, prévenu par Donadieu, se tourna vers elle et sourit.

Alors elle se leva, comme si elle eût voulu se dégourdir les jambes.

— Vous faites bande à part, aujourd'hui! dit-elle en passant, du bout de ses dents que découvrait un sourire agressif.

— Nous discutions de choses sérieuses.

— Et naturellement vous ne viendrez pas danser!

— Cela dépendra du travail. Nous avons une escale, demain. On signale une dizaine de passagers de première et près de trente en seconde...

Elle sourit plus méchamment pour montrer qu'elle n'était pas dupe. Et quand Huret revint, jaillissant de l'ombre comme il y était entré, il était ivre de joie et portait tout un paquet de disques sous le bras.

— Hip!... hip!... hurrah!... firent en chœur les officiers.

Cependant que Donadieu récitait une phrase qu'il avait lue quelque part :

— « Chacun, dans la vie, a son heure... »

Il en rougit. Il se faisait l'effet d'être jaloux de Huret, plus exactement de lui en vouloir de ne pas confirmer ses prédictions en courant droit à la catastrophe.

VI

Quand on arriva à Dakar, le bateau était presque complet, mais nulle intimité ne s'était établie entre les nouveaux passagers et les anciens.

A l'escale de Tabou, personne n'était allé à terre, car il fallait user du désagréable système de la nacelle et la houle, par surcroît, était assez forte. Mais à Konakri, les officiers étaient partis tous trois afin de profiter des quelques heures d'escale. Au retour, ils faisaient les farauds comme de jeunes paysans rentrant de la ville, échangeaient des phrases ou des œillades qu'ils se croyaient seuls à comprendre.

L'événement le plus important eut lieu deux jours avant Dakar, en pleine mer. La nuit était tombée depuis une heure et les passagers dînaient dans la salle à manger.

Au début du repas, on avait bien remarqué que le troisième officier venait chercher le commandant, mais on n'y avait pas pris garde. Or, voilà que l'hélice cessait soudain de battre, que les machines s'arrêtaient, que le bateau cassait lentement son erre dans un flottement déroutant.

On se regarda, de table à table. Lachaux, que le commandant avait dû prévenir, continua son repas avec affectation. Dassonville, qui était près d'un hublot de tribord, se leva, fouilla du regard l'obscurité du dehors et fit signe à sa femme de le suivre sur le pont.

L'instant d'après tout le monde, sauf Lachaux et le fonctionnaire qui mangeait à sa table, avait déserté la salle à manger.

Dans la nuit, à brève distance de l'*Aquitaine,* les feux d'un grand paquebot formaient dans la nuit une telle guirlande de lumières qu'à première vue certains passagers crurent que c'était une ville de la côte.

Les deux navires, stoppés, se balançaient mollement et, entre eux, s'avançait aux avirons une embarcation d'où montaient des voix.

— C'est le *Poitou,* annonça-t-on.

C'était en effet un autre paquebot de la compagnie qui faisait la route inverse. L'*Aquitaine* descendit son échelle de coupée et le canot accosta, un gros monsieur gravit les marches, posément, suivi par un matelot qui portait ses valises.

Deux minutes plus tard, les deux vapeurs reprenaient leur marche et les passagers, dépités, continuaient leur repas. Quant au nouveau venu, il était dans la salle à manger, comme les autres, à la table d'un ménage où on l'avait casé en attendant de lui trouver une place définitive.

Il était très grand, très gros, très mou et il portait une crinière grise qui faisait penser aux cabarets de Montmartre.

Il habitait bien quelque part entre le boulevard Rochechouart et la rue Lamarck, mais il n'était ni chansonnier, ni poète. Il était traducteur dans un grand journal où, installé dans une pièce à l'écart de la rédaction, il passait dix heures par jour à annoter les journaux étrangers en fumant une pipe en écume.

Il n'avait jamais voyagé hors de France. A cinquante ans, le docteur lui avait conseillé de changer d'air pendant quelques semaines et il avait demandé ses vacances, obtenu un billet à demi-tarif pour l'Afrique-Équatoriale.

Comme il avait les pieds sensibles et horreur du mouvement, il n'était pas descendu une seule fois à terre, n'avait visité ni Ténériffe, ni Dakar. Un beau jour, en pointant les horaires, il s'était avisé qu'il avait juste le temps nécessaire pour rentrer en France dans les délais de son congé et le *Poitou,* qui continuait vers Pointe-Noire et Matadi, l'avait repassé à l'*Aquitaine.*

C'est lui qui ramena la belote à bord et qui fit abandonner le poker.

Une fois le navire à quai dans le port de Dakar, il se passa ce qui se passe toujours en pareil cas. Les passagers, pour quelques heures, cessèrent de se connaître. Tous descendirent à terre, mais chacun prétendait aller de son côté, voir ce qu'il avait à voir, faire ce qu'il avait à faire.

Il n'y eut guère que Lachaux et le nouveau

passager, qui s'appelait Barbarin, à rester sur la terrasse du bar et à lire les journaux frais qui venaient d'arriver.

C'est ainsi qu'ils virent monter à bord quatre personnages qui gagnèrent aussitôt la cabine du commandant où ils restèrent enfermés pendant une heure, après quoi ils commencèrent une visite assez longue du navire et en particulier de la cale.

Quand les premiers passagers rentrèrent à bord, fourbus d'avoir marché sans fin dans les rues de la ville, ils apprirent que la commission, chargée de décider si le navire était ou non en état de poursuivre sa route, n'avait pas encore fini son travail.

Sur le pont, c'était l'habituel grouillement de nègres, d'Arabes, voire d'Arméniens qui vendaient les objets les plus hétéroclites. Barbarin ne les voyait même pas. Il avait acheté une énorme pile de journaux et, par habitude, il les annotait au crayon bleu et rouge en fumant pipe sur pipe.

Jacques Huret fut de retour un des premiers, car il n'avait rien trouvé à faire à terre. Dakar les avait trompés tous, comme un mirage. Du port, on apercevait des pâtés de maisons à l'européenne, des bâtiments publics, des taxis, des tramways.

Une fois débarqué, on trouvait bien quelques magasins, avec de vraies vitrines, des marchandises de France, deux cafés semblables à ceux de n'importe quelle sous-préfecture.

Mais que faire, après avoir bu un ou deux apéritifs beaucoup plus chers qu'à bord? Les pavés des rues étaient brûlants. Des mendiants vous tiraient par la manche, des marchands vous mettaient de force des colliers de verroterie ou des portefeuilles polychromés dans les mains.

En passant devant la cabine 7, Donadieu crut entendre le murmure d'une dispute mais, quelques minutes plus tard, il retrouva Huret qui arpentait déjà le pont. Il s'était acheté un veston de tussor et une cravate bleu de roi. Il avait mis de la brillantine sur ses cheveux.

Le coupeur de bois, qui avait menacé de descendre à Dakar pour prendre un bateau italien, ne parlait plus de ce projet. Les officiers rentrèrent à leur tour.

Il y avait de l'orage dans l'air. Pendant quelques minutes, on vit même quelques larges hachures de pluie, mais ce n'était qu'un faux espoir et le crépuscule, d'un rouge cuivré, fut le plus chaud qu'on eût subi.

C'était la dernière escale africaine. Désormais, on vivrait une traversée monotone en haute mer, avec une seule escale, Ténériffe, avant d'atteindre Bordeaux. Les passagers achetaient des cadeaux pour les parents et les amis et tous ces cadeaux étaient les mêmes, menus objets d'ivoire, statuettes de bois mal taillé, portefeuilles ou sacs à main en cuir multicolore.

Donadieu n'eut pas la curiosité d'assister au départ. De sa cabine, il en perçut le vacarme, la descente précipitée de ceux qui n'étaient pas du voyage, les dernières recommandations. Il ne fut pas du dîner non plus car, ce jour-là, Bassot n'avait pas encore été admis à prendre l'air.

Le fou était toujours enfermé dans la cabine de force et Donadieu avait obtenu de le promener deux fois par jour sur le pont des troisièmes, de bonne heure le matin et assez tard le soir.

Le premier matin, Mathias était arrivé dans un état d'agitation extrême.

— Docteur!... Venez vite... Notre homme a eu une crise... Il a tout cassé...

C'était moins tragique. C'était même assez savoureux. Bassot, enfermé tout seul dans une cellule matelassée, ne s'était pas démené, n'avait pas crié, n'avait pas même frappé les cloisons comme cela arrive quatre-vingt-dix-neuf fois sur cent.

Mais, patiemment, du bout des ongles, il avait décousu la toile de son matelas, puis le capitonnage des cloisons.

Quand le docteur pénétra dans le cabanon, Bassot, toujours vêtu de sa capote qu'il se refusait à quitter, était assis au milieu d'une montagne de plumes et une ombre de sourire flottait sur ses lèvres pâles.

— Où est Isabelle? questionna-t-il.

— Quelle Isabelle?

— Ma femme! Je parie qu'elle s'amuse avec les officiers! Elle aime les officiers, Isabelle...

Il s'efforçait de rire, en dépit d'une grimace involontaire. Puis, presque aussitôt, il prononça des mots sans suite en observant le docteur du coin de l'œil. On eût dit qu'il le faisait exprès, qu'il éprouvait un malin plaisir à tromper tout le monde.

— J'ai essayé en vain d'obtenir du commandant qu'on vous rende votre cabine...

Bassot, qui faisait semblant de ne pas écouter, comprenait fort bien ce qu'on lui disait.

Il refusa de se laver et de se raser. Il lança même dans les jambes de Mathias le broc d'eau que celui-ci avait apporté.

Le soir, Donadieu revint à la charge.

— Si vous êtes tranquille et si vous acceptez de faire votre toilette, le commandant permet que nous nous promenions tous les deux sur le pont.

— Le pont là-haut?... répliqua Bassot avec ironie.

— Peu importe quel pont. Vous serez à l'air...

C'était troublant de voir Bassot si peu incommodé par la chaleur du cabanon. Donadieu n'y résistait que quelques minutes, et il régnait par surcroît une odeur écœurante.

Mathias, néanmoins, faisait le nettoyage deux fois par jour. Assis sur sa couchette, dont on avait changé le matelas, le fou le regardait s'agiter en silence ou bien, à l'aide d'un crayon qu'il avait réclamé, il dessinait sur la porte, seule surface qui ne fût pas rembourrée.

A côté de visages étonnants, très allongés, qui rappelaient parfois des *Vierges* de Memling, on n'était pas peu surpris de trouver dans ces graffiti de difficiles équations algébriques ou des formules de chimie.

Les promenades se passèrent bien. Mathias était chargé de suivre à distance afin d'intervenir au besoin, mais ce ne fut pas nécessaire. Les Chinois étendus sur le pont s'écartaient pour laisser passer le fou et le docteur, et ils les observaient mollement.

Les deux hommes parlaient peu. Parfois, à force de patience, Donadieu obtenait plusieurs phrases sensées.

— Vous verrez qu'à Bordeaux ils vont me boucler. Le frère de ma femme est médecin aussi. C'est lui qui m'a fait venir en Afrique...

C'était déjà fini! Il se lançait dans ses improvisations :

— Afrique... fric... n'en ai pas... papa... panpan... pentagone... Pantagonie...

Une fois, Donadieu lui serra violemment le bras en grommelant :

— Tais-toi!

Et Bassot lui avait lancé un regard apeuré, avait failli sourire, s'était repris néanmoins.

— ... Agonie et...

Peut-on savoir exactement dans quelle proportion un fou est fou?

Ce soir-là encore, tandis que disparaissaient à l'arrière du navire les lumières de Dakar et qu'il promenait son prisonnier dans l'obscurité du gaillard d'avant, Donadieu essayait de comprendre.

Bassot était sage, ne disait rien, aspirait profondément l'air de la nuit en regardant le ciel où, dans une échancrure, brillaient quelques étoiles. Non loin d'eux, un passager de pont faisait marcher un phonographe qui jouait des disques arabes.

Pour éclairer les deux hommes, il n'y avait que le halo qui leur parvenait, diffus, du pont des premières où le barman posait les tasses sur les tables en attendant que les passagers vinssent de la salle à manger.

Bassot portait sa capote, mais il avait oublié son képi et ses cheveux décolorés tombaient en désordre. Une barbe de trois jours, jaunâtre, le faisait paraître plus maigre et plus mâle à la fois. Sous le drap kaki, il n'était vêtu que d'un pyjama chiffonné et ses pieds étaient nus dans des savates.

Parfois Donadieu lui lançait un rapide coup d'œil, mais jamais ce coup d'œil n'échappait au fou qui, la plupart du temps, éprouvait le besoin de faire une pirouette, de sourire ou de lancer des mots décousus.

Ce n'était pas un simulateur. Son cas était plus curieux. On eût dit qu'il avait accueilli avec soulagement un début de dérangement cérébral et qu'il faisait son possible pour l'accentuer.

— Pan!... pan!... L'obus éclate... La tête éclate... L'autobus s'arrête sur trois pattes...

Comme les enfants, il aimait faire sonner de fausses rimes et ses discours prenaient souvent l'allure de vers libres ou de chansons. Les coups de feu revenaient à tout propos.

— Pan! pan!...

Il cherchait sa femme des yeux. Il demandait :

— Où est Isabelle?

— Elle dîne.

— Avec les officiers!

Donadieu savait maintenant qu'à Brazzaville Isabelle passait pour avoir été la maîtresse de la plupart des officiers et qu'elle se cachait à peine de son mari.

— Pan! pan!...

Était-ce l'explication des coups de feu théoriques que Bassot donnait à tout propos?

Ils étaient du même âge, Donadieu et lui. La seule différence, c'est que Donadieu avait fait ses études à Montpellier, Bassot à Paris. Sinon, ils se seraient connus dès l'adolescence.

Bassot savait que son compagnon pensait à lui, essayait de comprendre. N'avait-il pas parfois envie de lui dire :

« Voilà! Je suis malade. Je suis fou. C'est peut-être guérissable, mais je ne veux pas guérir parce que... »

Non! Ils restaient côte à côte comme des étrangers, pis encore, puisque Donadieu ne pouvait regarder Bassot que comme un animal en observation.

A certain moment, le médecin leva la tête en devinant des ombres sur le pont des premières. Un couple était accoudé à la lisse. Le fou, qui avait regardé, lui aussi, prononça comme pour rassurer son compagnon :

— Ce n'est pas elle...

Pour lui, il n'y avait que sa femme. Celle qui chuchotait, là-haut, coude à coude avec Huret, c'était madame Dassonville dont on entendait de temps à autre le rire léger.

— Rentrons, dit Donadieu en prenant le bras de Bassot.

Il se souvenait du mot qu'un camarade lui avait dit un jour, à bord d'un autre paquebot qui, celui-là, traversait le canal de Suez après avoir franchi la mer Rouge :

— On devrait te surnommer Dieu-le-Père!

Il n'avait pas ri. C'était sa manie, en effet, de s'occuper des autres, non pour intervenir dans leur existence, non pour se donner de l'importance, mais parce qu'il ne pouvait rester indifférent aux êtres qui défilaient devant lui, qui vivaient sous ses yeux, glissant vers une joie ou une catastrophe.

Il venait d'apercevoir Huret, là-haut, et déjà il avait hâte de se débarrasser de Bassot qu'il enferma dans sa cellule, comme d'habitude, après lui avoir tapoté affectueusement l'épaule.

Mais il ne gagna pas le pont tout de suite.

Il s'arrêta à la porte de la cabine 7, écouta un moment, frappa.

— Entrez!

Il devait convenir que la voix de madame Huret, surtout quand celle-ci était de mauvaise humeur, était vulgaire et sans attrait.

La porte ouverte, il aperçut le bébé qui dormait et, sur la couchette d'en face, madame Huret étendue, en robe noire, les pieds nus, un bras replié sous la nuque.

Depuis combien de temps était-elle ainsi couchée à regarder le plafond d'un œil morne?

— C'est vous, docteur!

Ellc se leva précipitamment, chercha ses pantoufles, rejeta ses cheveux qui lui voilaient le visage.

— Vous avez vu mon mari?

— Non. Je viens des troisièmes. Le petit?...

— C'est toujours la même chose!

Elle disait cela avec un tel découragement qu'il n'y avait même plus d'affection, ni d'angoisse dans la voix. Le cas, il est vrai, était désespérant. Le bébé n'était pas malade à proprement parler, du moins n'avait-il pas une maladie déterminée, que l'on pût soigner.

Il ne se faisait pas, comme disent les bonnes gens. Il mangeait et n'en tirait aucun profit, restait aussi maigre, aussi mou, aussi blanc, difficile comme tous les enfants qui souffrent, geignant des heures entières.

— Dans trois jours, le climat changera.

— Je sais, dit-elle avec condescendance. Si vous rencontrez mon mari...

— Le dîner ne doit pas être terminé.

Elle avait mangé, elle, un peu de viande froide et une orange, et les reliefs étaient encore sur la tablette, à la tête du lit. Elle le voulait ainsi. On lui avait proposé de prendre ses repas avec les enfants, une demi-heure avant les passagers, tandis que son mari garderait le bébé, ou que Mathias resterait dans la cabine.

— Je ne veux pas m'habiller, avait-elle

répliqué. Ce n'est pas la peine non plus qu'on me regarde comme une bête curieuse.

Et Donadieu pensait à Bassot qui faisait un peu la même chose, refusait de se raser, de se laver même, s'enfonçait avec une joie perverse dans la mauvaise odeur de sa tanière.

— Si cela continue, dit-elle d'une voix tranquille, je vous demanderai de me donner du véronal.

— Pour quoi faire?

— Pour me tuer.

Était-ce de la pose, du romantisme? Voulait-elle l'émouvoir et se faire plaindre?

— Vous oubliez que vous avez un enfant!

Elle haussa les épaules en jetant un coup d'œil vers la couchette du petit. Pouvait-on vraiment parler d'un enfant? Deviendrait-il un jour quelque chose de semblable à un homme?

— Je suis à bout, docteur. Mon mari ne comprend pas. Il y a des moments où c'est lui que j'ai envie de tuer...

Huret était là-haut, accoudé au-dessus de l'océan soyeux, son épaule contre l'épaule nue de madame Dassonville dont il respirait le parfum. Peut-être leurs doigts s'étaient-ils rencontrés sur la lisse et s'étreignaient-ils furtivement?

Qu'est-ce que Huret disait?

Le mari était resté à Dakar. Elle était seule. Sa cabine était la dernière, au bout de la coursive, et la fillette dormait avec la gouvernante du côté impair.

— Il faut prendre patience. Nous sommes plus qu'à moitié chemin. A Bordeaux...

— Vous croyez qu'en France cela changera? Il n'y a pas de raison! Ce sera toujours misère et compagnie...

Elle avait ainsi des moments de vulgarité plus prononcée...

— Vous feriez mieux de me donner deux tubes de véronal et nous serions tous tranquilles...

Ses yeux restaient secs. Sa bouche esquissait une moue de dégoût et de mépris.

— Que voulez-vous que je dise à votre mari? soupira le docteur en battant en retraite.

— Rien. Cela vaut mieux. Qu'il reste dehors le plus possible. C'est encore le seul moyen de ne pas nous disputer!

Huret et madame Dassonville avaient quitté le bastingage pour s'installer à une table de la terrasse, tous les deux, et prendre le café. Il y avait dans leur attitude ce manque de pudeur qu'affichent les amants heureux.

Ils souriaient à l'infini, regardaient à peine autour d'eux, et ils avaient une façon de se parler en penchant la tête qui transformait les moindres phrases en confidences.

Le commissaire du bord tenait compagnie à Lachaux et à Barbarin, qui avait commandé un vieux marc et qui bourrait sa pipe.

— Une belote? demanda le coupeur de bois, assis à la table voisine.

— Mille points, si vous voulez. Je veux me coucher de bonne heure.

— Vous en êtes, Huret?

Et Huret de répondre, avec un faux embarras qui le ravissait :

— Pas ce soir.

Donadieu surprit un regard que madame Dassonville lançait au commissaire et qui semblait dire :

— Vous avez entendu? Tant pis pour vous! Je vous déteste!

Le barman apporta des cartes et un tapis, ainsi qu'une petite corbeille de jetons. Lachaux recula en grommelant son fauteuil d'osier. Des nouveaux passagers, qui n'avaient pas encore leurs habitudes, tournaient autour du pont et jetaient un coup d'œil d'envie aux familiers du bar.

Le commissaire se leva, disparut un moment et, quelques minutes plus tard, le pick-up joua un blues.

La plupart des danseurs étaient occupés ailleurs. Deux des officiers faisaient la belote avec Barbarin et le coupeur de bois. Le capitaine écoutait Lachaux qui lui racontait des histoires d'avaries en haute mer.

Au moment même où le docteur tournait la tête vers Huret et madame Dassonville, le couple se levait, non pour se promener, mais pour danser.

La piste était constituée par toute la partie arrière du pont-promenade. Le centre en était violemment éclairé par la terrasse du bar. Sur les côtés, il y avait des angles où régnait la pénombre. D'en bas, les passagers de seconde classe regardaient le couple s'agiter.

Et Huret, sans cesse, conduisait sa danseuse vers les angles, penchait la tête, touchait sa joue de sa joue. Elle ne le repoussait pas, cherchait le commissaire des yeux.

Quant à lui, c'était l'univers entier qu'il semblait défier. Il était transfiguré. Ce n'était plus le petit comptable inquiet que démoralise le fait d'être admis par faveur en première classe avec un billet de seconde. Il portait son veston neuf, sa cravate de soie bleue.

La danse finie, le couple attendit, debout, en riant, un second disque.

Il était déjà tard, car on avait attendu le départ de Dakar pour commencer à dîner. Le commandant se promenait sur le pont en compagnie de l'officier mécanicien et tous deux devaient s'entretenir de l'inspection de l'après-midi.

— Du moment qu'on ne rencontre pas de tempête, disait Lachaux, on tiendra peut-être le coup. Mais attendez le golfe de Gascogne! A cette saison, on est presque sûr de trouver de la mer...

Le couple ne dansa que trois danses. Puis madame Dassonville, avec affectation, prit congé de son compagnon, salua les autres passagers d'un signe de tête et se dirigea vers les cabines.

Quant à Huret, il resta assis un quart d'heure environ, regardant parfois sa montre, buvant un verre de fine à petites gorgées et regardant droit devant lui avec béatitude.

Enfin il se leva à son tour, salua gauchement le docteur qui dut bouger les jambes pour le laisser passer et, avec une fausse nonchalance, gagna l'intérieur du bateau.

Donadieu n'avait pas besoin de le suivre. Il savait qu'il n'entrerait pas dans la cabine 7, mais qu'à pas de loup il se dirigerait vers le fond de la coursive. Il savait aussi que madame Dassonville porterait une somptueuse robe de chambre en soie brodée avec laquelle elle était venue une fois chez le médecin pour demander de l'aspirine.

Donadieu se leva et fit ses dix tours de pont, tout seul, à grands pas réguliers, descendit dans sa cabine et procéda à sa toilette, lentement, prit le petit pot d'opium dans son armoire, la pipe, la veilleuse, les aiguilles.

Il ne fuma pas plus que d'habitude, car il avait de la discipline vis-à-vis de lui-même. Ses pensées ne s'embrouillèrent pas. Elles restaient pareilles, tournaient autour des mêmes êtres, à la seule différence près que ces êtres lui devenaient plus indifférents.

Qu'est-ce que cela pouvait lui faire que Huret, au moment même, fût dans les bras de madame Dassonville, qui avait un beau corps frais et harmonieux? Qu'est-ce que cela pouvait lui faire que madame Huret, fatiguée, la nausée à la bouche, en arrivât à considérer avec indifférence l'enfant qui ne parvenait pas à vivre? Et que Bassot fît des équations sur la porte de sa cellule? Et que Lachaux...

Il tendit le bras sans effort, atteignit le

commutateur électrique, souffla pour éteindre la veilleuse à l'huile et ferma les yeux. Sa dernière pensée fut que la brise se levait et qu'on prenait de la gîte sur tribord, car il avait le dos collé à la cloison.

VII

Lachaux, le coupeur de bois et quelques autres avaient déjà abandonné le casque et, la veille au soir, on avait vu sur le pont deux ou trois femmes en manteau.

L'*Aquitaine* avait doublé le cap Vert et l'eau semblait plus fluide, le ciel moins lourd; la différence était peu sensible. Peut-être même était-ce surtout une illusion, et pourtant chacun était allègre.

Ce matin-là, c'était fête par surcroît et, dès les premières heures de la journée, on sentit que la journée ne serait pas pareille aux autres.

Les enfants, qui étaient maintenant une quinzaine, étaient surexcités, car on leur avait promis des jeux. Les jeunes filles et les femmes guettaient les passagers à tous les tournants du pont.

— Vous voulez me prendre quelques billets de la tombola?

Madame Bassot, à elle seule, en avait vendu deux cents et elle avait tant arpenté le pont, elle s'était démenée avec une telle ardeur qu'il y avait des plaques de sueur au dos de sa robe, de grandes demi-lunes sous les bras.

A madame Dassonville aussi avait été dévolu le soin de vendre des billets, mais elle ne parut que vers onze heures du matin, en robe très habillée, tenant négligemment les billets à la main. Elle s'approcha de Lachaux qui discutait avec Barbarin.

— Combien m'achetez-vous de billets, monsieur Lachaux?

Il la regarda des pieds à la tête. Elle détachait déjà des billets de son carnet, les posait sur la table.

— J'en ai déjà, grommela Lachaux.

— Peu importe. Je vous en donne vingt, par exemple?

— Je vous dis que j'en ai!

Elle ne comprit pas que c'était sérieux, insista et alors il repoussa les billets qui volèrent malencontreusement sur le pont. Madame Dassonville se baissa pour les ramasser et Barbarin, gêné, l'y aida en murmurant :

— J'en ai aussi... Je vous en prendrai quand même cinq...

A ce moment, la terrasse du bar était presque vide, si bien qu'on ne comprit pas pourquoi madame Dassonville traversait le pont à pas précipités, en retenant ses larmes, et refermait violemment sur elle la porte de sa cabine.

Le commissaire du bord, secondé par des matelots et des stewards, préparait les jeux de l'après-midi, traction à la corde, course en sacs, concours de palets, bataille de polochons. On recherchait des amateurs pour un tournoi de bridge et, dans la salle à manger, on dressait sur la table centrale les prix qu'on avait recueillis pour la tombola.

Il y avait surtout des flacons de parfum que les passagers avaient achetés chez le coiffeur du bord, des poupées fétiches, quelques bouteilles de vin ou de champagne, du chocolat, enfin des objets en ivoire achetés au cours des escales et dont on avait déjà assez.

Donadieu avait eu une matinée remplie, car deux Chinois, à nouveau, étaient malades, et en outre il y avait du monde à la consultation des troisièmes et secondes classes.

A onze heures et demie, il était dans sa cabine en compagnie d'une passagère à qui il disait :

— Vous pouvez vous rhabiller!

Cela arrivait souvent, surtout aux femmes, de venir le consulter chez lui au lieu d'aller à l'infirmerie. Et le docteur, qui n'aimait pas être dérangé, trouvait le moyen de se venger.

Cette fois, il s'agissait d'une passagère qu'il n'avait jamais remarquée, une grosse blonde qu'on imaginait mieux offrant le thé dans un petit salon de province que dans un poste colonial. Elle tenait à se montrer bien élevée. Pour excuser son intrusion, elle avait fait des phrases et des phrases, que Donadieu n'avait même pas écoutées.

— Vous me comprenez, docteur, il est assez

pénible, dans un bateau où tous vos faits et gestes sont observés et commentés, de...

Il avait attendu, en la regardant vaguement. Elle portait une robe rose sous laquelle tremblait une poitrine opulente.

La dame avait fini par expliquer qu'elle craignait d'avoir l'appendicite et que, pour se rassurer...

— Vous savez ce que c'est, docteur. On se fait des idées. On n'en dort plus...

— Déshabillez-vous!

Il parlait sérieusement, en regardant ailleurs, et il feignit de s'occuper d'autre chose tandis que la patiente hésitait.

— Me déshabiller toute?

— Mon Dieu! oui, madame.

Cela l'amusait de faire mettre nue une dame qui, jusque-là, avait été pleine de dignité et d'assurance.

Il entendit des froissements de tissus.

— Ma ceinture aussi?

— C'est indispensable.

Et, quand il se retourna, elle était nue, en effet; elle se dressait, toute blanche, dans la cabine, ne sachant que faire de ses mains et de son regard, les bras et la nuque brûlés par le soleil.

— Je ne sais pourquoi j'ai honte...

Elle était forte, mais sa chair était ferme, semée de fossettes. Elle se baissait parfois pour rattraper ses bas qui roulaient le long des jambes.

Alors Donadieu l'avait examinée et tâtée sans conviction.

— Vous n'avez rien du tout! Ce qui vous a fait peur, c'est un simple point de côté. Sans doute avez-vous monté trop vite l'escalier.

C'était tout. Elle se rhabillait et, maintenant, elle avait perdu sa gêne. Elle parlait. Elle ne se pressait pas. Elle attachait ses bas à sa ceinture, cherchait son linge épars sur le fauteuil.

— L'Afrique ne m'a pas trop abîmée, n'est-ce pas? Il est vrai que je me suis toujours soignée...

Elle était en chemise quand on frappa à la porte et, alors seulement, elle s'affola, comme si elle eût été prise en flagrant délit, regarda Donadieu d'un air suppliant.

Le docteur ne fit qu'écarter de quelques centimètres le battant de la porte et aperçut dans la coursive Jacques Huret qui attendait.

— Je vous recevrai dans quelques instants, lui dit-il.

Et la passagère acheva de se rhabiller, ramassa une épingle à cheveux, regarda autour d'elle pour s'assurer qu'elle n'avait rien oublié.

— Combien vous dois-je, docteur?

— Vous ne me devez rien.

— Pourtant... Je suis confuse...

— Mais non! Mais non!

Les yeux de Donadieu riaient, mais ses yeux seulement et il imaginait sa victime au lit, inerte et béate sous les caresses. Il était sûr de ne pas se tromper. C'était le type même de ce genre d'amoureuses...

Il chercha Huret du regard, ne vit personne dans la coursive, entra chez lui pour se laver les mains et il les essuyait quand on frappa de nouveau.

— Entrez!

C'était Huret, qui essayait de montrer quelque assurance, mais qui était visiblement embarrassé.

— Excusez-moi de vous déranger, docteur...

— Asseyez-vous.

Huret s'assit sur l'extrême bord du fauteuil et tortilla la casquette de toile bise qui, depuis le matin, remplaçait son casque.

— Malade?

Avec lui, Donadieu ne faisait pas de phrases. Huret lui appartenait un peu. Il avait l'impression de le connaître depuis des éternités.

— Non... C'est-à-dire... Je voudrais d'abord vous poser une question... Croyez-vous que mon fils vivra?

Cyniquement, le docteur haussa les épaules, car il savait que son interlocuteur n'était pas venu pour cela.

— Je vous l'ai déjà dit, grogna-t-il.

Le ventilateur ronflait. Un rayon de soleil large de vingt centimètres pénétrait par le hublot et dessinait sur la cloison un disque tremblotant.

— Je sais!... C'est ma femme qui s'inquiète!... Vous devez me juger sévèrement, n'est-ce pas?...

Non! Le médecin jouait avec un coupe-papier et attendait qu'on en arrivât à des choses sérieuses. Tout cela, c'étaient des phrases, rien que des phrases, que Huret prononçait pour se donner du courage. Et Donadieu, impatient, se demandait où l'autre allait en venir.

Huret parvenait à se donner un air désinvolte, à parler d'un ton naturel.

— Vous savez que le moindre tangage me rend malade. Je ne puis rester une heure dans une cabine. Tenez! Ici même, pour le moment, je commence à suer...

C'était vrai. Son front était moite, ainsi que sa lèvre supérieure où perlaient de petites gouttes de transpiration.

— Sur le pont, à l'air, je me tiens mieux... N'empêche que le voyage est un supplice pour moi... Ma femme ne le comprend pas toujours...

Donadieu lui tendit une boîte de cigarettes et Huret en prit une, machinalement, chercha des allumettes dans ses poches.

— Ma femme ne comprend pas non plus que c'est moi qui ai tous les soucis... Si je vous en parle, c'est que...

« Nous y voilà! pensa Donadieu. C'est que quoi? Comment vas-tu t'en tirer, mon garçon? »

Le garçon ne s'en tirait pas du tout, cherchait des mots qu'il ne trouvait pas. Alors, il fonça tête baissée :

— Je suis venu vous demander un conseil...

— S'il s'agit de médecine...

— Non... Mais vous me connaissez un peu... Vous savez dans quelle situation je suis...

Le front du médecin se rembrunit. Il était sûr, soudain, qu'il allait être question d'argent et, inconsciemment, il se mettait sur la défensive. Il n'était pas avare à proprement parler, mais il lui déplaisait d'ouvrir son portefeuille et même de faire allusion à des questions de ce genre.

— Vous n'ignorez pas dans quelles conditions nous avons quitté Brazzaville... Le petit était condamné... La S.E.P.A., pour le compte de laquelle je travaillais, exigeait que je fasse encore un an de terme... Je suis parti en rupture de contrat...

Devenu rouge, il tirait maladroitement sur sa cigarette pour se donner une contenance.

— Remarquez qu'ils me doivent plus de trente mille francs. Là-bas, le directeur local m'a dit de me débrouiller avec la direction de Paris.

Il avait chaud. C'était pénible de le regarder s'agiter, et pourtant Donadieu ne perdait pas un tressaillement de sa physionomie.

Peut-être, à ce moment-là, Huret regrettait-il sa démarche, mais il était trop tard pour reculer.

— Ce que je voulais vous demander, c'est de me dire si quelqu'un, à bord, pourrait me prêter un peu d'argent jusqu'à Bordeaux... Je le rendrai le lendemain de l'arrivée...

Donadieu savait que son attitude était cruelle, mais il était incapable de faire autrement. Son visage s'était fermé, sa voix devenue froide et nette.

— Pourquoi avez-vous besoin d'argent, puisque votre passage est payé, y compris la nourriture?

Huret ne sentait-il pas que la partie était perdue? Il faillit se lever, se souleva légèrement, se rassit, décidé à jouer sa chance jusqu'au bout.

— Il y a les petits frais... dit-il. Vous le savez aussi bien que moi... Comme tout le monde, j'ai une note au bar... Je vous répète qu'il s'agit d'un prêt... Je ne demande rien à personne... Peut-être la Compagnie elle-même...

— La Compagnie ne fait jamais d'avances...

Maintenant, Huret était rouge et ruisselant comme un grand fiévreux. Ses doigts déchiquetaient la cigarette dont le tabac tombait en miettes sur le linoléum.

— Je vous demande pardon...

— Un instant... L'autre jour, vous avez gagné près de deux mille francs aux petits chevaux...

— Mille sept cent cinquante... J'ai été obligé d'offrir à boire...

— Combien devez-vous au barman?

— Je ne sais pas au juste... Peut-être cinq cents francs...

— Et à vos partenaires?

Il feignit de ne pas comprendre.

— Quels partenaires?

— Hier, vous avez encore joué au poker...

— Presque rien! se hâta d'affirmer Huret. Si quelqu'un acceptait de me prêter mille francs. Ou même... Tenez...

Il voulait de nouveau aboutir. Il en avait trop fait. Il tira un carnet de chèques de sa poche.

— Ce n'est même pas un prêt que je demande. Je remettrai un chèque qu'il suffira de toucher une fois en France.

Il était prêt à pleurer et quelque chose poussait Donadieu à aller jusqu'au bout, lui aussi.

— Vous avez de l'argent en banque?

— Pas maintenant... Dès que je serai à Bordeaux, j'en verserai...

— Vous savez bien que votre Société ne vous payera pas ce qu'elle vous doit sans y être condamnée par le tribunal... Le procès durera des mois...

— J'aurai de l'argent quand même! fit Huret avec défi.

Il tenait à la main un carnet de chèques sali et froissé qu'il avait emporté d'Europe deux ans auparavant.

— J'ai de la famille... Une de mes tantes est très riche... J'ai même pensé à lui envoyer un radio...

— Pourquoi ne l'avez-vous pas fait?

— Parce que je ne sais pas si elle est chez elle en ce moment. Elle habite Corbeil, mais elle passe l'été à la mer ou à Vichy...

— Le radiogramme suivra...

N'était-ce pas un jeu inutile et cruel?

— Ma tante ne comprendra pas... Il faut que je lui explique...

— Votre femme sait-elle que vous êtes sans argent?

Du coup, Huret se dressa.

— Vous n'allez pas le lui dire, j'espère?

C'était un ennemi, maintenant. Il regardait le médecin avec colère, car il comprenait à quel point celui-ci l'avait acculé.

— Remarquez encore une fois que je ne vous ai rien demandé. J'espérais obtenir de vous un conseil. Je vous ai avoué franchement ma situation...

Sa lèvre se gonfla. Il retint un sanglot, détourna la tête.

— Asseyez-vous...

— A quoi bon? fit-il avec un haussement d'épaules.

— Asseyez-vous! Et dites-moi pourquoi, sachant que vous n'aviez pas d'argent, vous avez fait des frais au bar et accepté de jouer au poker et à la belote?

C'était fini. Huret baissait la tête comme un coupable. Sa pomme d'Adam montait et descendait, mais ses yeux restaient secs.

— Est-ce que seulement votre tante existe?

Pour toute réponse, il lança à Donadieu un regard où il y avait un éclair de haine.

— J'accepte de croire qu'elle existe! Seulement, vous n'êtes pas sûr qu'elle vous donnera ce que vous lui demanderez.

Huret, congestionné, ne bougeait plus, fixait le sol, froissait son carnet de chèques tout humide de la sueur de ses mains.

— Je vais néanmoins vous prêter mille francs.

La tête se leva, avec une expression d'incrédulité, tandis que Donadieu ouvrait le tiroir où il rangeait son argent.

Huret, à cet instant, ne fut-il pas tenté de refuser? Il regarda la porte, hésitant. Donadieu comptait dix billets de cent francs.

— Faites-moi un chèque quand même...

Et il se leva, pour faire place à table à son compagnon, dévissa le chapeau d'un stylo.

Huret, docile, s'assit où on lui disait, se retourna à moitié.

— A l'ordre de qui?

Et il ajouta, avec un pâle sourire :

— Je ne sais même pas votre nom.

— Donadieu. Comme donner à Dieu...

La plume grinça. Il y eut une tache d'encre près de la signature. Et Huret n'osait pas encore prendre l'argent.

— Je vous remercie, balbutia-t-il. Je vous demande pardon. Vous ne pouvez pas comprendre...

— Mais si!

— Non! vous ne pouvez pas comprendre. Ce matin, je voulais me tuer.

Il pleurait, attendri sur son propre sort. Le steward faisait le tour du pont en frappant le gong pour annoncer le déjeuner.

— Merci!

Il se demandait encore s'il devait tendre la main ou non et, comme Donadieu restait immobile, il gagna la porte à reculons, renifla, s'essuya les yeux et sortit précipitamment.

Il arriva en retard dans la salle à manger. La rumeur des conversations, à cause de la fête, était plus intense que les autres jours, et la question était de savoir si le dîner du soir serait travesti ou non. Ceux qui avaient de quoi se travestir en étaient partisans; les autres hésitaient, se demandant comment ils s'habilleraient avec les moyens du bord.

— Mais si! Je vous assure que vous trouverez chez le coiffeur ce que vous voudrez...

La sieste ne fut pas observée, et Donadieu dormit mal, car on ne cessait d'aller et venir sur le pont, au-dessus de sa tête.

Barbarin avait accepté la présidence du Comité et semblait avoir fait cela toute sa vie. On sentait dès le premier coup d'œil qu'il était le personnage important. Il portait un pantalon de coutil beige, une chemise blanche retroussée sur ses bras velus, un brassard bleu dont il feignait de rire. Il avait, en outre, demandé un sifflet et, à quatre heures et demie, il donna le signal des jeux.

Une demi-heure durant, ce ne furent que cris d'enfants, car c'étaient ceux-ci qui commençaient à tirer la corde, à courir avec un œuf en équilibre sur une cuiller tenue entre les dents, à se battre à coups de polochons.

Le commandant devait être présent. Il faisait contraste avec la foule bigarrée, et il le sentait, essayait de sourire tout en lissant sa barbe d'une main distraite.

— Vous ne jouez pas? demanda-t-il à madame Dassonville qu'il aperçut dans un endroit désert du pont.

— Merci! Je ne suis pas en train.

Il crut devoir insister, le fit maladroitement, et la jeune femme le regarda avec impatience. La mauvaise humeur de madame Dassonville était si visible que Barbarin, à son tour, s'approcha d'elle.

— Excusez-moi de vous relancer. Il est évident que Lachaux est une brute. Il méritait une leçon. Mais il ne faut pas nous punir tous! La fête sera incomplète si la plus séduisante des passagères n'y prend pas part...

Elle sourit, mais resta sur ses positions, et, accoudée à la lisse, continua à regarder la mer.

Donadieu chercha Huret et l'aperçut dans un groupe qui préparait un tournoi de belote au bénéfice de la caisse des marins. Huret, certes, était un peu nerveux, mais on ne décelait pas trace de son émotion du matin.

Ce qui le contrariait, c'était l'éloignement de madame Dassonville. Il l'épiait de loin. On lui demandait de faire le quatrième et il ne savait que répondre.

— Tout à l'heure...

— Il est temps de commencer les éliminatoires.

— Vous trouverez un autre joueur...

Les officiers étaient très gais. Au lieu de faire la sieste, ils avaient pris quelques tournées de liqueurs et maintenant ils en étaient déjà au champagne. De par l'absence de madame Dassonville, c'était madame Bassot qui devenait la reine de la fête, et elle jouait ce rôle avec le même entrain qu'elle avait apporté à vendre des billets de tombola.

Après les enfants, les grandes personnes se livraient aux jeux traditionnels, et la course de sacs commençait. Huret profitait de ce que l'attention était concentrée sur le départ comique des participants pour rejoindre madame Dassonville.

Dès lors, on les vit ensemble, étrangers à l'animation générale. Après être restés longtemps à chuchoter en contemplant la mer, ils affectaient maintenant de se promener comme s'il ne se fût rien passé d'anormal.

Le regard de madame Dassonville était un regard de défi. Huret, lui, essayait de faire bonne contenance, mais on le sentait mal à l'aise dans son rôle. Sa compagne ne le faisait-elle pas exprès de passer et de repasser devant la terrasse qui était le centre des attractions?

On se retournait sur eux. Les nouveaux passagers, ceux de Dakar, ne comprenaient pas l'affectation de solitude du couple. Une femme crut même qu'il s'agissait de jeunes mariés.

Barbarin s'affairait, avec une bonne humeur très montmartroise.

— Allons, madame, disait-il à une personne de quarante-cinq ans. Il manque encore une concurrente pour la course aux œufs. De quoi avez-vous peur?

On riait. Il lui mettait de force une cuiller et un œuf dans la main. La femme, rougissante, regardait autour d'elle comme pour s'excuser d'être ridicule.

— Attention au coup de sifflet!... Le premier prix est un rasoir mécanique...

Madame Dassonville et Huret tournaient

autour du pont avec autant de régularité que Donadieu apportait chaque soir à cette promenade rituelle.

Aux premiers tours, Huret parvint à éviter le regard du docteur, mais il savait où il était, faisait sa route de façon à ne pas se trouver face à face avec lui.

Un peu plus tard, ce ne fut plus possible. Le passage était barré par les concurrents de la bataille des polochons, et Huret se trouva nez à nez avec Donadieu.

Alors, il sourit, d'un sourire timide et humble, d'un sourire malheureux aussi. Il semblait dire :

— Vous voyez bien que ce n'est pas ma faute!

Un peu plus tard, le couple avait disparu, et le commandant s'approcha du docteur.

— Ce soir, il vaudra mieux supprimer la promenade de votre fou. Les passagers de troisième ont beaucoup bu et sont trop gais. Il pourrait y avoir un incident...

On ne pouvait pas empêcher un Chinois de mourir, mais personne, sauf Mathias, ne fut mis au courant, et, à huit heures, les passagers, dans les cabines trop étroites, essayaient fiévreusement des déguisements, tandis qu'on appelait le chef mécanicien dans les fonds du navire.

VIII

A minuit, on pouvait croire que la fête était terminée. Le pick-up jouait toujours, sur le pont des premières, mais personne ne dansait. Par contre, dans le salon des secondes, qui se dressait sur la plage arrière, on apercevait encore des couples qui tournoyaient.

Peut-être, au surplus, le faisaient-ils exprès. Car il y avait eu un incident. Tout de suite après le dîner, une jeune femme vêtue en « République Française », ou plutôt en madame Angot, avait fait irruption, sous prétexte de farandole, sur la terrasse des premières classes, en compagnie de quatre ou cinq jeunes gens plus ou moins déguisés en pirates.

On avait ri. On les avait laissés faire. Le dîner avait été sans gaîté. Quelques personnes seulement s'étaient travesties et d'autres s'étaient contentées d'adopter la tenue de soirée, si bien que, pour la première fois, il y avait cinq ou six smokings noirs.

Madame Bassot avait emprunté un costume de marin qui la serrait à l'étouffer, mais elle n'en essayait pas moins, en compagnie des officiers, de mettre de l'entrain.

Madame Dassonville affectait de venir à table dans la même tenue que les autres jours, sans s'apercevoir du changement, et Huret, lui aussi, portait son costume de tous les jours.

A la table du commandant, qui gardait sa dignité, Lachaux avait son complet de toile, mais Barbarin s'était dessiné de grosses moustaches et des favoris à l'aide de bouchon calciné; un foulard rouge et une casquette à pont trouvée dans les cotillons achevaient son déguisement.

Quand la troupe des secondes avait fait irruption sur le pont, il était temps, car le commissaire du bord essayait vainement de donner de l'animation à la fête.

La « Marianne » en bonnet phrygien et en jupon tricolore était une belle fille rousse qui avait beaucoup bu et qui se montrait d'une gaîté étourdissante.

Pour la première fois, on vit danser le gros et lourd Barbarin. On commanda du champagne. Une nouvelle farandole s'organisa, qui parcourut le pont tout entier, cependant que Huret et madame Dassonville restaient dans un coin du bar, non loin d'un Lachaux renfrogné.

Une demi-heure après, les choses se gâtaient. Madame Angot buvait toujours, s'excitait de plus en plus, embrassait les passagers sur la bouche, et bientôt, pour danser seule un pas de quadrille rappelant le « Moulin-Rouge » de jadis, elle leva les jambes aussi haut qu'elle put, découvrant ses cuisses nues.

Les officiers rirent. Barbarin avait chaud. Mais les ménages prirent la chose autrement, et le commissaire du bord dit tout bas à un jeune homme de la bande :

— Vous devriez essayer de l'emmener, à présent...

Le jeune homme avait bu aussi. Il appela ses compagnons et leur expliqua à voix haute que, maintenant qu'ils avaient assez amusé les gens de première, on les priait de réintégrer les locaux de seconde.

C'était vrai et c'était faux. « Marianne » s'aperçut qu'il se passait quelque chose, demanda des explications, et, sans qu'on pût la retenir, déversa sur le commissaire et sur les passagers un flot d'injures dignes de la dame Angot qu'elle évoquait par son jupon tricolore.

A ce moment, il était un peu plus de onze heures. Maintenant, on venait de piquer minuit, et le calme s'était rétabli, un calme un peu lourd, compassé, car la fête avait fait long feu. Le pick-up jouait en vain. Une dizaine de passagers, tout au plus, achevaient au bar qui du champagne, qui un verre de whisky, et Barbarin lui-même s'était débarbouillé et avait retiré son foulard.

Il était attablé avec Lachaux et le coupeur de bois. L'air était plus frais que les autres soirs. Donadieu voyait frissonner sa cliente du matin, qui portait une robe largement décolletée et qui avait un petit mari à barbiche blonde.

On pouvait croire la soirée finie. Lachaux se leva le premier, serra la main de Barbarin et de Grenier, s'éloigna en traînant la jambe.

Barbarin et le coupeur de bois vidèrent leur verre et le suivirent à moins d'une demi-minute, mais ils restèrent à causer près du bastingage.

Donadieu ne prenait pas spécialement garde à ces détails, et, par la suite, il eut quelque peine à en rétablir l'ordre exact, qui devait avoir son importance.

Depuis quelque temps déjà, Huret s'impatientait, craignant une scène de sa femme s'il descendait trop tard. Or, madame Dassonville s'attardait et, quand il se penchait vers elle, c'était pour la supplier de partir.

Il la quitta quand même. La séparation fut assez froide. Donadieu supposa qu'elle lui disait :

— Eh bien! va la retrouver, ta femme!

Huret s'éloigna à regret, les épaules rentrées, passa près de Barbarin et du coupeur de bois qui conversaient toujours. Le commissaire du bord donnait l'ordre d'arrêter le pick-up, et le barman, impatienté de voir les officiers poursuivre une interminable belote, commençait à débarrasser les tables et même à entasser les chaises de la terrasse.

C'est alors qu'un garçon de cabine s'approcha de lui et murmura quelques mots. Le barman regarda à l'entour, regarda les tables, s'arrêta plus particulièrement à celle qu'avait occupée Lachaux.

Le steward s'éloigna, disparut du côté des

cabines, et trois minutes ne s'étaient pas écoulées que Lachaux arrivait à son tour, sans faux col, les pieds nus dans des sandales.

A son attitude, on devinait qu'un drame allait éclater. Cyniquement, il regarda les personnes encore présentes en fronçant ses gros sourcils gris.

— Barman! Allez me chercher le commissaire.

— Je crois que M. le commissaire est couché.

— Eh bien! vous lui direz qu'il n'a qu'à se lever.

Tout le monde entendit. Barbarin, qui avait aperçu Lachaux de loin, revenait vers la terrasse, tandis que le coupeur de bois pénétrait dans le navire.

Et Lachaux se taisait, restait debout, large et pesant, au milieu du bar. Les officiers, tout en continuant leur belote, ne le quittaient pas des yeux.

Il avait rarement été d'aussi mauvaise humeur que ce soir-là, peut-être parce que, parmi les jeunes gens de seconde, il y avait deux de ses employés, des petits jeunes gens dans le genre de Huret, qu'il avait feint de ne pas reconnaître.

Au moment où on les renvoyait, il avait saisi une phrase au vol, prononcée dans un groupe voisin :

— Il y en a bien qui voyagent en première avec un billet de seconde!

— Qui est-ce? avait demandé Lachaux à Grenier, le coupeur de bois.

Et, celui-ci, de désigner Huret du menton.

— Je crois que c'est lui. Il a une femme ou un enfant malade, je ne sais pas au juste.

Alors Lachaux avait grommelé une menace à l'adresse de la Compagnie, celle de se faire rembourser la différence entre le prix de la première et celui de la seconde classe.

Cet incident, moins bruyant que le premier, avait passé inaperçu. Maintenant, le commissaire du bord accourait à pas pressés, d'autant plus qu'on l'avait retrouvé sur le pont des secondes, tout à l'arrière, dans l'ombre, en compagnie de la « Marianne » à qui il expliquait avec insistance qu'il n'était pour rien dans ce qui s'était passé.

— Monsieur le commissaire, je voudrais que l'on procède à une enquête sans tarder, car il y a un voleur à bord.

Il avait fait exprès de parler à voix haute, et les dix personnes à peu près qui se trouvaient sur la terrasse entendirent, tournèrent en même temps la tête.

Dans ces cas-là, le petit Neuville était généralement assez diplomate. Il s'empressa de répondre :

— Si vous voulez vous donner la peine de me suivre dans mon bureau, je prendrai note de votre plainte et...

— Ta! ta! ta!... Il n'y a pas besoin de bureau, pas besoin de notes, répliqua Lachaux en lui mettant sa grosse patte molle sur l'épaule. C'est ici que le vol a eu lieu, il n'y a pas dix minutes. Je sais pourquoi vous voulez m'emmener. La Compagnie n'aime pas les histoires, et tout à l'heure vous allez m'offrir de me dédommager...

Les regards du commissaire et de Donadieu se rencontrèrent. Neuville semblait demander conseil. Le docteur était devenu grave.

— Venez par ici... Il y a dix minutes encore, j'étais assis à cette table avec deux personnes, M. Barbarin que j'aperçois, et le coupeur de bois qui est monté à Libreville...

— M. Grenier?

— Son nom m'est égal. A certain moment, j'ai tiré mon portefeuille de ma poche pour leur montrer un document, un article de petit journal qui m'attaque et me traite d'assassin...

Il était ravi de crier cela aussi fort qu'il pouvait.

— Quand je suis parti, il y a cinq minutes, j'ai oublié le portefeuille sur la table. J'en suis sûr! Je ne suis plus un gamin. Une fois dans ma cabine, je me suis aperçu que je ne l'avais pas en poche et j'ai aussitôt envoyé le steward le chercher. Le portefeuille n'y était déjà plus!

Le commissaire eut la maladresse de demander :

— Il contenait une forte somme?

— Cela ne vous regarde pas! Qu'on m'ait volé cent francs ou cent mille, c'est mon affaire et je veux retrouver mon portefeuille. Je veux surtout découvrir le voleur et lui apprendre à vivre.

Cette fois, la partie de belote s'était arrêtée, bien que les cartes fussent données. Les joueurs regardaient la table qui était proche de la leur et on les sentait gênés.

Tout le monde était gêné, d'ailleurs, car tout le

monde, en somme, pouvait être soupçonné du vol, même Barbarin qui s'approchait maintenant de Lachaux.

La femme que Donadieu avait fait déshabiller le matin était toujours là, en compagnie de son mari, qui dressait une petite tête inquiète sur son cou maigre.

— Il faut que j'en réfère au commandant, balbutia le commissaire pour gagner du temps.

— Appelez-le si vous voulez. De toute façon, j'exige une enquête immédiate, car le portefeuille ne peut être loin.

Neuville aurait bien voulu attirer Lachaux à l'écart, le calmer, lui promettre n'importe quoi pour éviter un esclandre. Il savait, lui, que le portefeuille ne contenait pas grand-chose, étant donné que Lachaux lui avait confié ce qu'il avait sur lui, c'est-à-dire cinquante-cinq mille francs, pour les mettre en sûreté dans le coffre-fort. Il n'avait dû garder que quelques centaines de francs pour les besoins quotidiens.

— Steward! Voulez-vous dire au commandant que M. Lachaux insiste pour lui parler à la terrasse du bar?

Lachaux se promenait de long en large, les mains derrière le dos, sans prendre garde à la présence de Neuville qui, en attendant, vint s'asseoir près de Donadieu.

— Vous étiez ici?

— Je n'ai pas bougé.

— Alors?

— Je ne sais pas!

— Il est capable d'exiger qu'on fouille les passagers et qu'on visite les cabines.

Barbarin, de lui-même, pérorant devant le groupe des officiers, proposait la même chose.

— On n'a qu'à nous fouiller tous! Pour ma part, j'accepte de vider immédiatement mes poches. Je suis parti après Lachaux. Je suis allé jusqu'au bastingage et je suis revenu presque en même temps que lui...

— Évidemment! Qu'on nous fouille! approuva le capitaine d'infanterie coloniale.

Personne n'osait aller se coucher, par crainte que cela fût considéré comme un indice de culpabilité. On dansait toujours, en seconde. On voyait des ombres passer derrière les rideaux éclairés du salon.

Quand le commandant arriva, il portait la redingote d'uniforme qu'il avait arborée au dîner, et, de loin déjà, il essayait de se rendre compte de ce qui se passait. Le commissaire voulut aller à sa rencontre, mais Lachaux l'arrêta.

— Un instant! Je tiens à m'expliquer moi-même...

Il le fit avec la même brutalité que la première fois.

— Il y a un voleur à bord et il faut qu'on le retrouve, conclut-il. Vous êtes maître à bord après Dieu. C'est à vous de prendre les mesures nécessaires en attendant qu'à Bordeaux je porte plainte...

Au fond, cette histoire le soulageait. C'était l'ouverture soudaine d'une soupape, qui lui permettait de déverser sa bile. Désormais, pour lui, il n'y avait plus des passagers, colons, planteurs, fonctionnaires, officiers ou employés de factorerie : il n'y avait plus que des suspects!

Barbarin, qui mangeait à la table du commandant, se permit d'intervenir.

— Ces messieurs et moi sommes d'accord pour demander qu'on nous fouille immédiatement. Depuis la disparition du portefeuille, nous n'avons pas quitté le pont, et, par conséquent, nous ne pouvons nous être débarrassés d'un objet quelconque...

Le commandant ne bronchait pas. Il gardait toute sa dignité, mais son assurance était de surface.

— Je ne peux pas vous empêcher de prouver votre innocence... dit-il enfin, après un regard au commissaire et à Donadieu, comme s'il eût voulu s'appuyer sur eux.

Ce fut à la fois grotesque et dramatique. Barbarin vida ses poches une à une, aligna sur la table un trousseau de clefs, une pipe, une blague à tabac, une boîte de cachous, un mouchoir, sans compter le mouchoir rouge qu'il avait auparavant autour du cou. Puis il retourna ses poches, tandis que la poussière de tabac pleuvait sur le pont.

Les officiers se levèrent à leur tour et prirent la chose très au sérieux. L'un d'eux, qui avait bu, parla même de se faire remettre un inventaire signé de ce qu'il avait exhibé de la sorte.

— Moi aussi! dit une voix de femme.

C'était madame Dassonville, qu'on n'avait pas remarquée, car sa table était un peu dans l'ombre, et elle n'avait pas bougé.

— Moi aussi! se hâta de crier le petit monsieur dont la femme montra ses mains vides.

— Qui était encore ici? questionna le commandant avec impatience.

Donadieu préférait laisser à d'autres le soin de répondre. Barbarin regarda madame Dassonville, qui murmura :

— M. Huret était avec moi...

— Où est-il?

— Il est allé se coucher.

— Après le départ de M. Lachaux?

— Je crois... Je ne suis pas sûre...

— Il y avait aussi Grenier, intervint Barbarin. Nous avons causé pendant quelques instants, puis il a regagné sa cabine.

Le commandant se tourna vers Lachaux.

— Vous exigez que je fasse venir ces messieurs?

— Pas du tout! Ce qu'il faut, c'est les interroger dans leur cabine et la visiter...

Le commissaire et le commandant se mirent à l'écart, parlèrent à voix basse, firent signe à Donadieu de les rejoindre.

— Qu'en pensez-vous?

Tous trois étaient aussi sombres, car ce n'était pas la première fois qu'ils étaient témoins d'un vol à bord.

Pour le moment, dix passagers seulement étaient touchés, prenaient une attitude faussement dégagée, mais n'en avaient pas moins un poids sur les épaules.

Au matin, ils seraient cent à savoir, à s'aborder avec des mines de conspirateurs, à s'épier les uns les autres. Et il restait dix jours de traversée à accomplir avant d'atteindre Bordeaux!

— Cela ne fait que deux cabines à visiter, dit le commissaire.

— Monsieur Lachaux! appela le commandant. Voulez-vous nous décrire votre portefeuille?

— C'est un vieux portefeuille noir, usé aux bords, à poches multiples.

— Quelle somme contenait-il?

Cette fois, il répondit :

— Sept ou huit billets de cent francs. Vous savez que mon argent est dans le coffre. Mais ce ne sont pas ces billets qui comptent. Ce sont les documents...

— Importants?

— Pour moi, oui, et j'en suis seul juge.

— Si vous voulez rester quelques minutes ici, on va visiter les deux cabines...

Lachaux grogna en signe d'assentiment, mais on comprit qu'il eût aimé assister à la perquisition.

— Allez-y, commissaire. Prenez deux témoins avec vous, à tout hasard. M. Barbarin? Et vous, capitaine?...

Les deux hommes s'inclinèrent et suivirent le commissaire du bord.

Ce fut le quart d'heure le plus désagréable. Lachaux restait seul dans son coin, renfrogné, menaçant, sentant parfaitement que les regards qui se posaient sur lui étaient antipathiques.

Le commandant et Donadieu se tenaient à l'écart, cependant que madame Dassonville allumait une cigarette qui mettait un petit point rouge dans son coin d'ombre.

Personne ne parlait d'aller se coucher. On attendait. On percevait parfois des bouffées de musique qui arrivaient des secondes classes où la fête continuait, et où trois ou quatre passagers étaient complètement ivres.

— Vous soupçonnez quelqu'un? questionna le commandant à voix basse.

— Personne.

Il fallait une circonstance pareille pour que le commandant eût quelque familiarité avec son état-major, car, d'habitude, il vivait seul à bord, se bornant aux rapports strictement officiels, ne descendant de la passerelle que pour présider les repas, ce qui était la partie la plus pénible de son devoir.

Le ciel était nuageux et on avait l'impression que c'étaient déjà des nuages d'Europe, plus nerveux, plus légers que les nuages africains. L'après-midi, on avait rencontré des bancs entiers de poissons volants, mais, à cause de la fête, personne n'y avait prêté attention.

Encore une escale, à Ténériffe, un dernier envahissement du pont par les marchands arabes et autres, puis, presque sans transition, ce serait le Portugal, la France, les eaux houleuses et grises du golfe de Gascogne.

On trouvait le temps long. On se demandait ce que le commissaire et ses deux compagnons pouvaient faire. Enfin, on vit surgir le coupeur de bois, qui avait passé une robe de chambre décolorée sur son pyjama.

Comme il traînait des savates, sa démarche avait quelque chose de familier qui tranchait avec le smoking du passager au long cou et avec la robe du soir de sa femme.

— Qu'arrive-t-il? demanda-t-il en s'approchant de la table des officiers et en regardant le commandant à la dérobée. Pour qui prend-on les passagers, sur ce bateau?

Son accent n'avait jamais été aussi faubourien.

— Quelqu'un a une cigarette?

Un lieutenant lui tendit son étui.

— Je dormais déjà quand on est venu me réveiller, et le commissaire a fouillé ma cabine comme si j'étais un malfaiteur.

Il avisa Lachaux qu'il n'avait pas vu en arrivant.

— C'est vous, dites donc, qui êtes la cause de ça? Vous auriez pu attendre demain matin!

Il ne s'en allait pas. Il était là comme ceux qui, ayant déjà passé la visite sanitaire, attendent les camarades qui défilent à leur tour. Il était tranquille. On n'avait rien trouvé chez lui.

— Il contenait la forte somme, votre portefeuille?

Lachaux n'avait pas envie de répondre. Un silence gêné succédait aux paroles du coupeur de bois, car, maintenant, le champ des soupçons s'était resserré au point qu'un nom venait à l'esprit : Huret.

Tout le monde, à la dérobée, observait madame Dassonville. Lachaux lui-même la regardait durement, avec une certaine satisfaction. A la suite de son geste du matin, lorsqu'elle lui avait présenté les billets de tombola et qu'il les avait repoussés, Barbarin lui avait dit :

— Vous exagérez! Vous oubliez que c'est une femme...

— Une p...! avait-il riposté.

— Vous n'avez pas le droit de parler ainsi.

On en était resté là, mais Lachaux n'avait pas digéré la leçon, et maintenant il attendait avec impatience l'arrivée du commissaire.

Le commandant ne parlait plus et Donadieu, à côté de lui, le dos appuyé à la lisse, était également silencieux.

A ce moment-là, le navire tout entier, qui glissait dans la nuit avec un bruit mouillé et le sourd ronron des machines dans ses flancs, semblait avoir suspendu toute autre vie.

Mais soudain il y eut des pas précipités, bien avant qu'on vît surgir la silhouette maigre de Huret qui, lui, n'avait d'autre vêtement qu'un pyjama rayé ouvert sur sa poitrine.

Il ne marchait pas; il courait. Donadieu faillit le happer au passage et il se repentit ensuite de ne l'avoir pas fait.

Huret n'eut pas besoin de chercher Lachaux des yeux. Son instinct le mena droit sur lui.

Il haletait, les cheveux ébouriffés, les yeux brillants.

— C'est vous qui m'avez accusé d'être un voleur? Hein? C'est vous qui avez demandé qu'on fouille ma cabine?

Lachaux, qui était assis et qui, par le fait, était en mauvaise position, eut un mouvement pour se lever.

— C'est vous, vieille crapule, affameur, assassin, qui osez faire suspecter les autres?

Donadieu fit deux pas vers lui. Un officier se leva. On entendait les pas de Barbarin et du capitaine qui avaient assisté à la perquisition, mais le commissaire ne revenait pas.

— Le voleur, vous le savez bien, n'est pas celui qu'on pense! S'il y a quelqu'un ici qui a passé toute sa vie à voler...

Il avait perdu tout contrôle de lui-même. Il trépidait. Ses gestes étaient saccadés, et, ne trouvant rien d'autre à dire, il cria, il hurla plutôt :

— Crapule!... Crapule!... Crapule!...

En même temps, il saisissait Lachaux à la tête, à la gorge, n'importe où, là où il avait prise, et l'autre, en se renversant sur sa chaise pour éviter l'étreinte, basculait celle-ci, roulait par terre.

Huret faillit le suivre et serrer ou frapper encore, mais Donadieu l'avait pris aux épaules.

— Du calme!... Du calme!...

On entendait le halètement du jeune homme, et on voyait sur le pont la masse claire de

Lachaux qui attendait, pour se relever, qu'on eût éloigné de lui son agresseur.

— Messieurs... commença le commandant.

Mais il ne trouvait rien d'autre à dire, d'autant plus que d'autres passagers, réveillés par les perquisitions, arrivaient sur le pont.

— Messieurs... Je... je vous prie...

La poitrine maigre de Huret se soulevait et s'abaissait à une cadence rapide, et, comme Donadieu interrogeait Barbarin du regard, celui-ci secoua la tête en un geste négatif.

On n'avait rien trouvé dans la cabine.

IX

C'est par le commissaire du bord que Donadieu eut quelques détails, le lendemain matin. Une surprise avait été réservée aux passagers à leur réveil : il pleuvait d'abondance. Et, de retrouver la pluie fraîche, les passagers étaient aussi surexcités que des enfants qui se roulent dans la première neige. C'était un spectacle nouveau que celui du pont mouillé, du rideau de gouttes transparentes qui tombaient de la passerelle supérieure; on entendait, outre un crépitement continu, l'eau dévaler dans les gouttières.

Les Chinois, à l'avant, souriaient, bien qu'ils n'eussent pas d'abri, et quelques-uns se servaient d'un vieux sac, voire d'une casserole comme parapluie.

Des gens, pour la première fois, sortirent des vêtements de laine sombre, et c'était étrange aussi de rencontrer des silhouettes bleues ou noires.

La mer était grise, frangée de blanc. Le navire roulait un peu, faisait surtout beaucoup d'écume autour de lui à cause du clapotis.

Donadieu venait d'accomplir son tour de pont. A la terrasse du bar, il avait aperçu Lachaux, Grenier et Barbarin qui fumaient en silence. Madame Bassot, à l'avant, était en conversation avec un lieutenant. Madame Dassonville ne devait pas encore avoir quitté sa cabine, et Huret était absent.

Le docteur rencontra Neuville au moment où celui-ci descendait de chez le commandant. Il n'eut pas besoin de le questionner.

— Sale histoire, grommela le commissaire. Le commandant les a déjà reçus l'un après l'autre.

— Huret et Lachaux?

— Lachaux est jaune de rage. Huret se dresse sur ses ergots comme un coq de combat. Et dans l'affaire, en fin de compte, c'est moi qui prendrai pour avoir installé les Huret en première classe.

Donadieu et le commissaire firent les cent pas, tandis que quelques passagers les suivaient du regard. Neuville racontait les perquisitions de la nuit.

— Chez le coupeur de bois, cela s'est passé sans pétard. Il venait de se coucher et d'éteindre. Il a été étonné, mais il s'est prêté de bonne grâce aux formalités. Chez Huret, au contraire...

La tâche du commissaire avait été aussi pénible que possible. Au moment où il frappait à la porte de la cabine 7, il avait bien cru percevoir un bruit qui ressemblait à un sanglot, mais il n'y avait pas fait attention. Il avait dû frapper plusieurs fois avant que la porte s'entrouvrît. Et c'était un Huret aux sourcils froncés, au regard hargneux qui l'accueillait.

— Excusez-moi de vous déranger, mais un vol vient d'être commis à bord et mon devoir est...

Neuville avait dévidé son boniment, tandis que le visage de son interlocuteur se durcissait de plus en plus.

— Pourquoi est-ce ma cabine qu'on visite?

— Ce n'est pas la seule. Nous sommes déjà allés chez...

Rageusement, d'un coup de pied, Huret avait ouvert sa porte toute grande et on avait aperçu, sur une couchette, sa femme qui essuyait ses larmes. Les visiteurs tombaient en pleine scène de ménage. L'enfant, dans la couchette d'en face, avait les yeux ouverts, le visage souffreteux.

— Excusez-nous, madame...

— J'ai entendu...

Elle n'avait qu'un peignoir à ramages sur le corps et elle se leva, se tint dans un coin, cependant que son mari, un bon moment, restait immobile, laissant faire les enquêteurs, puis soudain se précipitait dehors, courait vers le bar et attaquait Lachaux.

— Sa femme n'a rien dit? questionna Donadieu.

— Elle a crié pour le retenir, mais il n'a rien voulu entendre, et alors elle est restée immobile, puis, quand nous sommes partis, elle a refermé la porte derrière nous.

Quant à la scène du pont, elle s'était terminée

en quelques instants. Le commandant s'était approché de Huret, puis de Lachaux.

— Messieurs, je vous prie de regagner vos cabines. Demain matin, je serai à votre entière disposition pour donner à l'incident les suites qu'il pourrait comporter.

Des passagers, les officiers surtout, avaient encore discuté sur le pont pendant quelques minutes, mais on avait fini par aller se coucher.

La pluie, ce matin, faisait heureusement diversion. Cependant on s'enquérait des dernières nouvelles. En passant devant la terrasse, chacun jetait un coup d'œil à Lachaux qui s'enfonçait dans son fauteuil d'osier de tout son poids et qui bravait cyniquement la curiosité générale.

On eût même dit qu'il essayait d'être aussi gros, aussi laid, aussi hargneux que possible. Il portait une chemise sans faux col ouverte sur sa poitrine et, à dix heures du matin, il avait encore les pieds nus dans des savates.

C'est dans cette tenue qu'à neuf heures il avait répondu à l'appel du commandant.

— Je suppose, avait dit celui-ci, que vous désirez que M. Huret vous présente des excuses. Je vais voir. Je lui ferai entendre raison.

— Je veux d'abord retrouver mon portefeuille.

— L'enquête se poursuivra et je ne puis vous empêcher, une fois à Bordeaux, de porter régulièrement plainte.

— Rien ne m'empêchera non plus de signaler à la Compagnie que j'ai été frappé et injurié par un passager qui voyageait irrégulièrement en première classe.

On n'en avait rien tiré d'autre. Lachaux savait qu'on avait peur de lui. Il n'ignorait pas non plus qu'une sanction serait prise contre les officiers du bord à la suite de la faveur accordée aux Huret.

Un peu plus tard, alors qu'il s'asseyait à la terrasse, il avait vu le jeune homme se diriger à son tour vers la passerelle du commandant.

Le commissaire était présent à l'entretien. Le contraste était si violent entre Lachaux, qu'on venait de recevoir, et son adversaire, que le commandant lui-même en était gêné.

Lachaux était une masse dure comme pierre contre laquelle ce gamin de Huret s'acharnerait en vain avec la rage impuissante de son âge.

On sentait confusément que, des petits gars comme lui, Lachaux en avait manié des centaines et des milliers.

— Avant tout, monsieur Huret, je suppose qu'il entre dans vos intentions de faire des excuses à votre adversaire de cette nuit.

— Non!

Il était maigre et pâle, tendu comme une corde de violon, prêt à redevenir agressif.

— Mon devoir est d'intervenir et d'obtenir de vous que vous mettiez fin à une situation intolérable. Vous vous êtes livré sur la personne de M. Lachaux à...

— J'ai dit que c'est une crapule et tout le monde sait que c'est vrai, vous le savez vous-même!

— Je vous prie de mesurer vos paroles.

— Il m'a accusé d'être un voleur!

— Pardon. Un portefeuille lui ayant été volé, il a demandé que des perquisitions soient faites chez les passagers qui étaient assis près de sa table, au moment de la disparition de l'objet...

Mais c'était inutile d'essayer de faire entendre raison à Huret, qui s'entêtait d'autant plus qu'il sentait qu'il avait tort et raison tout ensemble.

— Je ne me laisse pas accuser par une crapule.

— Je vous demande seulement, par égard pour tous les passagers et pour la bonne continuation de la croisière, que vous prononciez quelques phrases de regret.

— Je ne regrette rien.

Le commandant n'avait pas voulu se livrer à un chantage, mais il avait été obligé d'effleurer un sujet.

— Il y a une question, monsieur Huret, dont je m'excuse de vous parler. A cause de votre enfant malade, le commissaire a cru devoir...

— J'ai compris.

— Veuillez me laisser finir...

— Ce n'est pas la peine. Vous voulez me faire remarquer, n'est-ce pas, que je voyage indûment en première classe, par charité, en quelque sorte!

— Il n'est pas question de charité. C'est M. Lachaux qui...

— Ne craignez rien. Tout à l'heure, je m'installerai en seconde et...

Il était impossible de le calmer. Il n'était pas rouge, mais pâle et crispé. Sa voix sonnait mat.

— Vous ne changerez pas de cabine et, d'ailleurs, il n'y en a pas de disponible en seconde classe. Je vous demanderai seulement de ne plus prendre vos repas en première et d'éviter d'y circuler.

Huret souriait, d'un sourire méprisant, douloureux.

— C'est tout?

— Je regrette que l'entretien se termine de la sorte. C'est vous qui vous obstinez dans une attitude impossible à admettre. Encore une fois, je fais appel à votre bon sens...

— Je ne présenterai pas d'excuses.

On n'en avait rien tiré d'autre. Il s'était retiré, tout raide, et depuis lors nul ne l'avait aperçu.

— Vous croyez qu'il prendra ses repas en seconde? demanda Donadieu au commissaire.

— Il le faudra bien.

Les deux hommes se séparèrent. Le docteur faillit frapper à la porte de la cabine 7. Mais que dirait-il? Et ne serait-il pas reçu avec mauvaise humeur?

La pluie, qui rafraîchissait le pont, rendait plus pénible la chaleur des cabines, à cause de l'humidité. Donadieu se promena une demi-heure durant parmi les passagers. Lachaux continuait à s'offrir à leur curiosité en compagnie de Barbarin et du coupeur de bois qui avaient l'air, à ses côtés, de deux témoins d'honneur.

Madame Dassonville parut, vêtue d'un tailleur qu'on n'avait pas encore vu et qui annonçait l'approche de l'Europe. Tout en errant sur le pont, elle prenait une attitude trop dégagée pour qu'on ne comprît pas qu'elle cherchait Huret et s'inquiétait.

En dehors de lui, elle n'avait eu de relations avec personne, sauf avec le commissaire, et elle n'osait pas s'informer des suites de l'incident de la veille. Elle surprenait des bribes de conversation, essayait de comprendre. Enfin, elle alla s'asseoir à la terrasse, juste à la même table que la nuit, derrière Lachaux, et elle alluma une cigarette.

Donadieu eut un instant l'idée de s'installer près d'elle et de lui donner des nouvelles, mais c'était encore une idée à la Dieu-le-Père et il la repoussa.

Il était mal à l'aise. Il y avait dans la suite des événements quelque chose qui le gênait comme un grincement de rouage mal huilé. Il aurait voulu donner un coup de pouce pour remettre la Providence dans la bonne voie.

Il avait prévu des catastrophes. Il avait senti que Huret glissait sur une pente qu'il ne remonterait sans doute jamais. Mais ce n'était pas de cette manière qu'il avait envisagé la chute!

C'était trop saugrenu, trop mesquin!

Avait-il vraiment été assez bête pour voler un portefeuille, et surtout pour le voler à Lachaux?

Tête basse, Donadieu regagnait sa cabine pour se laver les mains avant le déjeuner. Devant sa porte, il se trouva face à face avec Huret qui attendait.

— Vous voulez me parler?

— Je veux surtout vous remettre quelque chose.

La porte une fois ouverte, le docteur fit signe au jeune homme d'entrer, puis de s'asseoir, mais Huret refusa la chaise, tira de sa poche les dix billets de cent francs que son interlocuteur lui avait remis la veille.

— Étant donné les événements, je préfère ne rien devoir à personne. Je vous demande donc de me rendre mon chèque. Les dix billets y sont...

On eût dit, à le voir, qu'il voulait, tout seul, défier l'humanité entière. Sa solitude même, sa faiblesse le grisaient. Il était pris de la fièvre du martyre et, pendant quelques instants, Donadieu oublia le drame pour observer Huret comme il eût observé un phénomène.

— Pourquoi voulez-vous me rendre cet argent, puisque vous m'avez remis un chèque?

— Vous le savez bien!

— Non, affirma sincèrement le docteur.

— Si, vous le savez bien. Quand je suis venu vous voir, hier, vous m'avez obligé à avouer que je n'avais pas d'argent en banque...

— Mais votre société vous doit...

— Vous m'avez fait remarquer de même que ma société ne payerait pas sans un long procès...

— Votre tante...

Il ricana.

— Ma tante m'enverra sans doute au diable, cela aussi, vous l'avez laissé entendre! Les mille francs, vous me les avez donnés à fonds perdu, peut-être par pitié, peut-être par défi...

Il n'avait pas tout à fait tort et c'était Donadieu, aujourd'hui, qui perdait contenance.

— Vous me rendrez ces mille francs quand vous voudrez, dit-il à tout hasard.

— Je comptais bien vous les rendre, mais cela aurait peut-être demandé du temps.

— Je ne suis pas pressé.

— Maintenant, il est trop tard. Je ne veux rien recevoir, ni de personne...

Ce n'était qu'un enfant, en somme! Parfois, on pouvait croire que sa fièvre allait tomber et qu'il allait sangloter comme un gosse à la dérive.

— Vous m'avez avoué que vous n'aviez pas de quoi payer votre note de bar.

— Je ne la payerai donc pas.

— La Compagnie fera des difficultés.

— Cela m'est égal. Je sais ce que vous pensez. Vous vous dites que, si je vous rends l'argent, c'est parce que j'ai maintenant celui que contenait le portefeuille...

Donadieu y avait songé, en effet, et il rougit, bien qu'il eût aussitôt rejeté cette idée. Non, il ne croyait pas que Huret eût volé! Encore une fois, c'eût été par trop bête.

— Vous êtes injuste, soupira-t-il.

— Excusez-moi. J'ai peut-être quelques raisons de l'être. Rendez-moi mon chèque et tout sera fini.

A ce moment, si Donadieu hésitait à le rendre, c'est qu'il avait l'impression que ce geste aurait quelque chose de définitif, que ce serait presque la condamnation de Huret. Ce n'était qu'une impression, Elle ne reposait sur rien. Il ne s'en raccrochait pas moins à un vague espoir.

— Asseyez-vous un moment.

— Je vous assure que je n'ai rien à vous dire.

— Et si j'avais quelque chose à vous dire, moi? Je suis votre aîné...

La voix de Donadieu était émue, et quand il s'en aperçut, il rougit à nouveau et ne sut où poser son regard. Il n'en continua pas moins :

— Je connais votre femme, qui vient de passer des jours très pénibles. On peut espérer, à l'heure qu'il est, que votre enfant sera sauvé. Est-ce que vous y pensez, Huret?

— A quoi?

— Vous le savez bien, vous le sentez! Ce soir, nous serons à Ténériffe. Dans quelques jours, vous remettrez les pieds en France et...

— Et?... questionna le jeune homme avec ironie.

— Écoutez, vous êtes un gamin, j'allais dire un sale gamin. Vous oubliez que vous n'êtes pas seul au monde...

Ce n'est qu'à mesure de son discours que Donadieu se rendait compte de ce qu'il faisait. Ne parlait-il pas, en vérité, comme si Huret lui eût annoncé le désir de se tuer? Or, il n'avait rien dit de semblable.

Le docteur se tut, regarda le chèque qu'il avait à la main, la signature régulière, la tache d'encre.

— Donnez-le-moi ou déchirez-le. Au fait, cela m'est égal...

Huret allait partir. Il avait la main sur le bouton de la porte.

— Croyez-moi! Il est encore temps de tout arranger. Les excuses à Lachaux ne sont qu'une formalité sans importance, un mauvais moment à passer. Personne à bord ne s'y trompera...

— C'est tout?

— Si vous n'avez pas ce courage-là, vous perdrez mon... mon estime...

Donadieu avait buté sur le mot, avait peut-être failli dire amitié, ou même affection.

C'était venu drôlement, il n'eût pu dire lui-même de quelle façon. De plus en plus, il lui semblait que cette minute était définitive, et il s'obstinait à sauver Huret, comme si c'eût été en son pouvoir.

— Vous avez de l'estime pour moi? ironisa le jeune homme en prenant un air cynique.

Que dire encore? Que répondre?

— Reprenez vos mille francs, Huret.

— *Vos* mille francs.

— Les miens si vous voulez. Reprenez-les. Nous nous retrouverons en France...

— Non.

Sa main tourna la poignée de la porte. Donadieu était sûr que son compagnon hésitait, lui aussi, à rompre cet entretien et à se lancer dans l'aventure. Quelque chose le retenait, l'orgueil sans doute, et c'était ce qu'il y avait de plus affolant, cette pensée qu'un homme se perdait par fierté, sottement!

Il est vrai que c'était par pudeur, lui, par une

pudeur aussi sotte, que Donadieu hésitait à insister davantage.

— Merci de ce que vous avez fait...

La porte était ouverte. On apercevait la coursive, des gens qui se dirigeaient vers la salle à manger. Déjà Huret s'éloignait et Donadieu restait là, aussi saumâtre que si, à son tour, il eût été en proie au mal de mer.

Cela ne le révoltait pas de voir mourir un homme, une femme ou un enfant. Il prévoyait froidement qu'avant d'arriver à Bordeaux on compterait environ sept Chinois de moins, et qu'une dizaine d'autres ne parviendraient jamais en Extrême-Orient. La maladie, peut-être parce qu'il en avait l'habitude, lui semblait un accident normal de l'existence.

Le bébé de Huret fût mort à l'instant qu'il se fût contenté de hausser les épaules. Huret lui-même eût succombé à une crise d'hématurie, par exemple...

Mais non! Ce qui le mettait en rage, c'était la disproportion entre la cause et le résultat.

Que s'était-il passé, en somme? Un petit comptable de Brazzaville avait eu un enfant malade, et, après des semaines d'hésitation, avait décidé de regagner l'Europe.

Que ce petit comptable eût dix mille francs devant lui, par exemple, et les choses s'arrangeaient. La preuve, c'est que l'enfant n'était pas mort et qu'on pouvait presque le considérer comme sauvé, maintenant que la température fraîchissait.

Mais non! Il n'avait pas d'argent! On l'installait en parent pauvre dans une cabine de première classe! Il avait le mal de mer...

Machinalement, Donadieu se lavait les mains, se donnait un coup de peigne, nettoyait ses ongles avec soin.

Il n'y avait pas de drame. Rien que des incidents risibles. Et des hasards successifs!...

Que le commissaire du bord, par exemple, fût pris de peur devant les appétits et les imprudences de madame Dassonville!

Que celle-ci, le jour des petits chevaux, eût jeté son dévolu sur Huret, dans le seul but de faire enrager Neuville.

Que...

Tout enfin! Même l'incident des billets de tombola!

Ces menus faits, quand on les revoyait à distance, s'enchevêtraient comme un grouillement de crabes.

Résultat...

Donadieu haussa quand même les épaules. Le résultat, il ne le connaissait pas, et il se dirigea vers la salle à manger de son pas habituel, car rien n'était capable de ralentir ou d'accélérer ses gestes.

Le commandant, qui n'avait pas osé changer Lachaux de table, et qui, d'autre part, ne voulait sans doute pas lui donner la consécration de manger en sa compagnie, avait fait dire qu'il ne pouvait pas descendre.

Madame Dassonville, seule à une table, essayait

de faire bonne contenance, exagérait la désinvolture de ses gestes.

Lui avait-on dit que Huret était exilé dans les deuxièmes classes? Et, dans ce cas, ne se sentait-elle pas humiliée?

Donadieu serra la main du chef mécanicien, en face de qui il mangeait toujours.

— Rien de neuf?

— A moins d'une tempête, on tiendra. Toute la question est de traverser le golfe. A propos...

— Quoi?

— Il paraît que Lachaux continue à faire des siennes. Il y a un quart d'heure, au bar, il a déclaré à voix haute que si, à n'importe quelle heure de la journée, il voyait encore le fou sur le pont, il se plaindrait à la Compagnie. Il a exigé aussi que l'eau courante lui soit fournie à toute heure de la journée...

— Le commandant?

— Il est embêté. Il va vous appeler, pour discuter la question du fou. Comme il fait plus frais...

Donadieu soupira, regarda Lachaux qui mangeait une aile de poulet avec ses doigts, en forçant à plaisir la grossièreté de ses gestes.

— Quant à l'eau, il est difficile de lui en donner sans en donner à tous les passagers, puisque c'est la même conduite qui dessert les cabines...

— On en donnera?

— Jusqu'à la dernière limite.

Huret, bien entendu, n'était pas là. Donadieu

fut tout surpris de voir sa cliente, celle qu'il avait fait déshabiller dans sa cabine, couler vers lui un regard ému. Son petit mari mangeait avec voracité, comme s'il eût voulu rattraper toutes les privations de sa vie coloniale.

— Une « touche »! annonça le chef mécanicien en surprenant le manège de la dame.

— Merci!

A d'autres moments, il eût peut-être été flatté. Elle était appétissante, malgré le contraste entre son corps trop blanc et les bras brûlés par le soleil. Nue, elle paraissait avoir des gants qui lui montaient jusqu'aux aisselles.

— Un sale voyage! grogna le chef mécanicien, sans savoir au juste pourquoi.

Ce sont des choses que l'on sent quand on a l'habitude d'embarquer ainsi des gens pour trois semaines. Question de flair! Dès le premier jour, on peut dire si la traversée sera bonne ou sinistre.

— Et vos Chinois?

— Encore trois ou quatre à passer! répliqua Donadieu en se servant de compote.

Le commissaire, qui arrivait en retard, murmura en se penchant sur le docteur :

— Il est dans sa cabine... Je viens des secondes et il n'a pas mis les pieds à la salle à manger...

X

Avant d'ouvrir les yeux, avant même d'avoir repris tout à fait conscience, Donadieu savait que c'était une journée pénible qui commençait. Un vague dégoût, une douleur persistante dans la tête, qui devenait plus violente au moindre mouvement, lui rappelaient que, la nuit, il avait fumé trois ou quatre pipes de plus que d'habitude. Et, quand cela lui arrivait, il était aussi gêné que si quelqu'un l'eût surpris dans une attitude honteuse.

La vue de la petite lampe à huile lui était déplaisante, et il la rangea dans son placard, se prépara un cachet, aussi calme et serein en apparence que les autres jours, commença sa toilette en prêtant parfois l'oreille aux bruits du bateau.

Pourquoi une nuit pareille devait-elle lui laisser autant d'amertume? Il avait fumé ses pipes, comme chaque soir. Comme chaque soir aussi, la tentation de continuer à fumer lui était venue, sa main s'était tendue vers le pot d'opium, vers l'aiguille.

Il avait cédé. Il en était humilié, mais il n'en essayait pas moins de retrouver quelques bribes de l'atmosphère de la nuit.

Ce n'était pas extraordinaire, d'ailleurs. Il n'avait pas fait de rêves échevelés; il n'avait pas eu de sensations rares.

Le bateau dormait. En approchant de Ténériffe, on trouvait une mer lisse, sans un souffle de vent, que soulevait en larges ondulations une houle venue des lointains de l'Atlantique.

Le hublot était ouvert et déversait un air frais qu'on aspirait comme un breuvage. Au-delà, il y avait un morceau de ciel argenté par la lune.

L'ampoule électrique était éteinte. Seule dansait la petite flamme rougeâtre de la veilleuse, et les bouffées d'air du dehors promenaient dans tous les coins de la cabine des relents fades d'opium.

Mais ce qui comptait, c'était autre chose. Donadieu, étendu de tout son long sur la couchette, fixait le disque bleu clair du hublot sans le voir.

Est-ce qu'il respirait? Est-ce que son pouls battait? C'était sans importance! Il vivait une autre vie que la sienne. Il vivait dix vies, cent vies, ou plutôt une vie multiple, celle du bateau tout entier.

Il connaissait le décor. Il n'avait pas besoin d'être sur le pont pour savoir qu'on apercevait déjà les hauts contreforts des îles piquetés de quelques lumières. Peut-être même frôlait-on de silencieuses barques de pêche qui disparaissaient aussitôt?

Le commandant était sur la passerelle, vêtu de sa tenue de drap, attentif à la route, cherchant des yeux le bateau pilote.

Ce n'était déjà plus une nuit d'Afrique, mais une nuit presque méditerranéenne. D'ailleurs, les passagers s'étaient attardés jusqu'à une heure du matin à la terrasse du bar. Une demi-heure plus tard, Donadieu avait entendu des chuchotements, des rires contenus, et il n'ignorait pas que c'était madame Bassot qui cherchait les endroits sombres en compagnie d'un des lieutenants.

Mieux : il pouvait prévoir que le couple échouerait sur le pont des embarcations, là-haut, car toutes les traversées se ressemblent et les mêmes gens font les mêmes gestes, aux mêmes endroits.

Il n'était pas jaloux. Cela lui plaisait d'imaginer les cuisses blanches d'Isabelle émergeant peu à peu du tissu soyeux de la robe.

Madame Dassonville dormait et s'était certainement endormie de mauvaise humeur. N'était-elle pas touchée par les incidents de la veille et de la journée? Elle n'avait même pas revu Huret qui, de tout l'après-midi et de la soirée, n'avait pas quitté sa cabine. Elle savait maintenant que c'était un passager de seconde classe admis en première par faveur.

Elle était vexée et, au fond, c'est au commissaire qu'elle en voulait, au commissaire qui, lui, restait désinvolte, une étincelle malicieuse dans ses prunelles de joli garçon.

L'hélice tournait rond. Le navire n'avait presque pas de gîte. Donadieu aimait le large mouvement berceur de la houle, mais Huret, lui, dans sa cabine surchauffée, avait dû souffrir, souffrait encore.

Pendant l'après-midi, le médecin s'était arrêté plusieurs fois près de la porte n° 7, avec le vague espoir qu'elle s'ouvrirait providentiellement. Il s'était penché pour écouter. Il avait surpris des murmures.

Qu'est-ce que le couple s'était dit, pendant des heures et des heures? Madame Huret savait-elle que son mari était l'amant d'une passagère? Ne devinait-elle pas les causes multiples de sa fièvre? Lui avait-elle fait des reproches?

Quelles raisons lui donnait-il de son obstination à ne pas quitter la cabine? Il ne s'était pas fait servir de nourriture. A une heure et à sept heures, on avait apporté le repas de sa femme et Donadieu avait cru que la porte s'ouvrirait enfin.

Elle ne s'était qu'entrouverte. Madame Huret, en peignoir, s'était à peine montrée et avait pris les plats.

Avaient-ils partagé? Huret s'était-il obstiné jusqu'au bout et, rageur, était-il resté étendu sur son lit, à fixer un point de la cloison?

Donadieu croyait les voir, lui sur la couchette supérieure, incapable de dormir, l'estomac malade, les dents serrées, elle en dessous, demi-nue, la couverture rejetée, les cheveux épars sur l'oreiller.

Ne s'éveillait-elle pas parfois pour écouter si l'enfant respirait? Ne demandait-elle pas à mi-voix, en levant la tête :

— Tu dors, Jacques?

Et lui, Donadieu l'aurait juré, faisait semblant de dormir, rongeait son frein dans la solitude.

Maintenant, quand le médecin y pensait, il avait un poids sur la poitrine, mais, la nuit, après les pipes, ce n'était pas la même chose. Car ce matin il faisait à nouveau partie de l'univers et il en subissait les humeurs, tandis que quelques heures plus tôt il était en dehors de tout, serein, à peine curieux des réactions de ces petits êtres qui gravitaient dans la coque de fer du navire.

Encore n'appelait-il ça un navire que par habitude! C'était un morceau de matière avec de la vie dedans! Et cela flottait, cela se poussait avec un hanhan régulier vers des rochers. Car les îles Canaries ne sont, elles aussi, que des rochers, avec de la vie dessus.

L'important, c'est que l'air était frais, qu'il était tellement à l'aise, nu sur le drap rêche, qu'il ne sentait pas qu'il avait un corps.

Il savait tout! Il avait une intelligence merveilleuse! Il entendait par exemple le déclic du télégraphe, et il savait que c'était le commandant qui ordonnait de ralentir parce qu'il croyait apercevoir les feux du bateau pilote. Ces feux, il les devinait les yeux fermés, il les voyait se balancer entre la mer et le ciel, dans l'eau glauque d'une nuit de lune.

Barbarin ronflait. Il dormait sur le dos, cela ne faisait aucun doute, et, de temps en temps, il bougeait en poussant un grognement.

Quant à Lachaux, Donadieu le voyait aussi, écrasé sur son matelas comme une grosse bête malade, s'agitant sans cesse, soufflant, rejetant la couverture sans trouver l'apaisement. Sa sueur sentait mauvais. Il se faisait servir une bouteille de Vichy et il la buvait dans la nuit, par petits coups, de réveil en réveil.

Tout à l'heure, madame Bassot embrasserait une dernière fois le petit lieutenant et s'en irait, repue, à pas légers, s'engagerait furtivement dans la coursive en évitant le steward de service.

Est-ce que ce n'était pas parfait? Un Chinois mourait doucement, les yeux au ciel, seul dans l'infirmerie, tandis que Mathias dormait du sommeil du juste dans la cabine voisine, où étaient rangées les fioles de médicaments.

Les autres Chinois étaient couchés pêle-mêle. Ils ne voulaient pas de hamacs. Il y en avait la moitié sur le pont, aussi paisibles que des animaux bien portants.

Le fonctionnaire à la chair couleur de marbre qui mangeait à la table du commandant ne reviendrait pas en Afrique. Désormais, il pêcherait à la ligne et il peindrait lui-même son bachot avec des couleurs aussi limpides que celles de son village des bords de la Loire ou de la Dordogne.

Huret ne parvenait pas à dormir, mais qu'est-ce que cela pouvait faire? Il faut des gens de toutes sortes, des destins de toutes sortes aussi. Lui, il était né pour être mangé, comme Lachaux était né pour manger les autres, voilà tout!

Les montagnes grandissaient à l'horizon. Les officiers de quart et les matelots se préparaient à faire le chargement, et l'on entendait le bruit des panneaux que l'on ouvre. Toujours le même fret : des bananes!

Le lendemain, tous les passagers achèteraient pour dix francs des boîtes de cigares soi-disant de La Havane, puis les jetteraient à la mer deux jours plus tard.

Toujours la même chose! Le fou dormait dans sa cabine capitonnée. Une ambulance viendrait le prendre à quai, à Bordeaux, et on le ferait comparaître, nu, maigre, pâle et nerveux, devant des majors.

Pendant ce temps-là, Lachaux irait à Vichy achever la saison, et les clients de troisième classe — car il y a des troisièmes classes partout! — le désigneraient en murmurant :

— C'est Lachaux, qui possède en Afrique des terres plus vastes que deux départements français...

Et après? Le coupeur de bois, lui, retrouverait ses copains de l'avenue de Wagram ou de la place Pigalle. Barbarin raconterait :

— Un jour que, sur le bateau, on faisait la belote...

Qu'est-ce que Huret espérait en ne se montrant pas? Rien du tout! Il était cuit! Voilà comment

Donadieu voyait les choses, et il ne s'en faisait pas le moins du monde.

A la fin, cela devint plus confus; le télégraphe fonctionna encore. L'hélice cessa de brasser l'eau et il y eut un léger choc à tribord, cependant que la chaloupe du pilote accostait et que l'homme grimpait à bord.

On allait lui offrir à boire, là-haut, c'était traditionnel, mais le commandant ne se servirait qu'un doigt d'alcool, par politesse, et il irait se coucher dès l'amarrage terminé.

Donadieu entendit des bruits de chaîne dévidée, puis les cabestans des mâts de charge que l'on mettait en marche...

... Un trou, et il se retrouvait en train de se laver les dents devant la glace de sa toilette, la bouche amère, le regard sournois.

Mathias frappa, comme tous les matins, pour faire son rapport, se tint debout contre la porte.

— Du nouveau?

— Le Chinois est mort.

— Rien d'autre?

— Le fou a un furoncle dans le cou. Il voulait que je lui donne mon canif pour le percer.

— Personne à la visite?

— Vous savez bien qu'ils vont tous descendre à terre.

Évidemment! Et même la Compagnie en conduirait une vingtaine en autocar faire l'excursion prévue au tarif de cent francs par tête! C'était le commissaire qui s'en occupait, mais il envoyait son second pour piloter les passagers.

— Je viens, Mathias.

Une journée limpide comme on n'en avait pas connu depuis vingt jours. C'en était fini du ciel aussi épais qu'un sirop. L'air était encore chaud, certes, très chaud même, mais c'était une chaleur honnête et saine qui ne vous faisait pas haleter comme celle de la côte africaine.

Par le hublot, Donadieu apercevait de vrais humains, des gens qui n'étaient ni des nègres, ni des colons, des gens qui habitaient là parce qu'ils y étaient nés et qu'ils y passaient leur vie.

Il y avait des canots peints de toutes les couleurs, des pêcheurs et des goélettes qui venaient de La Rochelle ou de Concarneau. Il y avait de vrais arbres, des rues, des boutiques, un grand café avec une terrasse sur le jardin public.

C'était Ténériffe, enfin, c'est-à-dire presque l'Europe, un grouillement de couleurs et de sons qui faisaient penser à l'Espagne ou à l'Italie.

Des passagers étaient déjà debout, s'appelaient les uns les autres.

— N'oublie pas l'appareil!...

... Photographique, bien entendu! Des gens du pays attendaient les visiteurs avec des canots, et leur glissaient un coussin sous les fesses.

On discutait :

— Il demande cinq francs pour nous conduire à l'embarcadère...

— Des francs ou des pesetas?

— A combien est la peseta?

— Changeur, messieurs!... Changeur!... Meilleur cours que dans les banques...

Ils étaient dix à bord, le ventre orné d'une sacoche lourde de pièces d'argent.

Donadieu sortit de sa cabine, avisa le commissaire qui surveillait le débarquement.

— Ça va?

— Et toi?

— Il est sorti?

— Qui?

Donadieu faillit rougir, car il était le seul à s'inquiéter ainsi de Huret.

— Je ne l'ai pas vu...

— Et sa femme?

— Elle n'est pas venue sur le pont.

Donc, ils étaient encore tous les deux, sans compter l'enfant, dans la moiteur de leur cabine. Huret ne s'était pas rasé ni débarbouillé. Il traînait son pyjama douteux et, par le hublot, il devait épier les passagers qui descendaient.

Ils descendaient tous, d'ailleurs! Le couple serait le seul à rester à bord, s'il y restait. Et il y resterait, puisqu'il n'avait pas d'argent.

— Ils ont mangé, ce matin? questionna Donadieu en arrêtant un steward.

— J'ai porté un petit déjeuner, comme d'habitude. La dame l'a pris. J'ai demandé quand on pourrait faire la cabine, et elle a répondu que ce n'était pas la peine.

A dix heures, le bord était désert. Madame Dassonville était partie la dernière, vêtue d'une robe de mousseline blanche qui lui donnait l'air d'un papillon, tenant par la main sa fillette que suivait la nurse en bleu pâle et en bonnet blanc.

— Vous déjeunez à terre? demanda Neuville à Donadieu.

— Non!

Malgré son cachet, il avait mal à la tête et il n'avait même pas bu son café. Il était en proie à une sensation angoissante qu'il eût été en peine de définir. Il se faisait l'effet d'un homme qui s'aperçoit qu'un incendie vient de se déclarer, et qui va de l'un à l'autre pour donner l'alarme. Mais personne ne l'écoute! Les gens restent là, en plein danger, continuant à vivre comme si rien n'était!...

Cette cabine étroite où trois êtres étaient enfermés l'hallucinait. Malgré lui, il y revenait sans cesse, passait devant la porte 7, et il essayait en vain d'entendre.

Que pouvaient-ils faire, là-dedans? Que pouvaient-ils se dire? Madame Huret n'était pas femme à se taire. Son amour pour son mari n'était pas un amour aveugle. Avait-elle seulement encore de l'amour?

Elle lui en voulait de l'avoir emmenée en Afrique! Elle lui en voulait de lui avoir fait un enfant! Elle lui en voulait de ne pas gagner d'argent, d'avoir le mal de mer, de ne pas lui rendre la vie plus facile...

L'absence de Huret dans la cabine pendant les journées de traversée l'avait ulcérée, mais maintenant qu'il était là sans cesse, sa présence devait lui être un supplice plus grand encore.

Car Huret était incapable de feindre. Même au port, le bateau se balançait, et Donadieu savait que c'était cette houle-là la plus méchante. Il était malade! Il avait chaud! Il n'avait plus confiance en rien, ni en lui-même!

Oui, que pouvaient-ils se dire? A quelles paroles cruelles n'en étaient-ils pas arrivés?

Et ne finiraient-ils pas par se jeter la tête au mur?

C'était la moins grave de toutes les perspectives. Il pouvait arriver pis. Il arriverait sûrement pis.

Si sa femme lui en voulait, Huret n'en voulait-il pas tout autant à sa femme? N'était-ce pas elle qui avait mis au monde un enfant malade, elle qui n'avait pas supporté le climat africain, elle encore qui lui avait occasionné tant de dépenses et obligé, en fin de compte, à rompre son contrat et à partir sans argent?

Elle n'était même pas belle. Si elle l'avait été, elle s'était fanée tout de suite, et jamais plus elle ne serait seulement désirable.

Tout seul, Huret pouvait vivre, jouer à la belote, au poker, gagner aux petits chevaux et faire la conquête d'une femme aussi soignée et aussi distinguée que madame Dassonville.

Que pensait-elle de lui? Que lui dirait-elle si elle le rencontrait?

Il n'avait même pas le droit de la rencontrer, puisqu'on lui avait interdit l'accès des premières classes! De sa cabine, il devait passer pour un pestiféré sur le pont arrière! Elle l'apercevrait du haut de la passerelle. Les voyageurs de seconde, des gens comme la « Marianne » du bal masqué, l'accueilleraient en souriant dans leur salle à manger...

Et la scène qui aurait lieu, à Bordeaux? Car il faut finir par payer ses notes de bar! Tous les passagers descendraient et il devrait, lui, attendre l'arrivée d'un agent de la Compagnie à qui il avouerait qu'il était sans un sou!

Ce n'était rien, dix fois, cent fois rien! La nuit, après ses pipes, Donadieu en souriait, mais maintenant il en était malade d'énervement.

— Il ne faut qu'un mot, se disait-il, un mot imprudent ou maladroit de madame Huret, par exemple...

Est-ce qu'elle n'avait déjà pas parlé de mourir?

On voyait la ville animée, les autos, les passants en pantalons blancs. Tous les passagers reviendraient avec des souliers neufs, parce que Ténériffe est la ville des souliers à bon marché. Ils se retrouveraient dans les mêmes restaurants.

Dès trois heures, un groupe trônait à la terrasse du *Café Glacier*, près de l'orchestre dont on devinait la musique rien qu'à voir glisser les archets : il y avait Lachaux, Barbarin et Grenier, qui se préparaient du vrai pernod comme avant guerre, avec le sucre en équilibre sur la cuiller à trous.

— Ils ont mangé? demanda Donadieu au steward.

— J'ai porté un plat de viandes froides qu'ils ont rendu après y avoir à peine touché...

Parbleu! Est-ce que le docteur n'avait pas le droit de frapper à la porte, de dire, par exemple :

— Mes enfants, ce n'est pas le moment de faire les idiots. Ce qui vous tracasse est sans importance. Dans la vie, tout s'arrange, croyez-le, et on a toujours tort de prendre des décisions extrêmes...

Le bateau était presque vide. Les marchands de dentelles, de souvenirs et de cigares commençaient seulement à l'envahir, sachant bien que les passagers ne rentreraient guère avant la tombée de la nuit. C'étaient toujours les mêmes visages. Donadieu les reconnaissait et ils reconnaissaient le docteur, négligeaient de lui offrir leur marchandise, lui lançaient au contraire un sourire complice, comme s'ils eussent fait un peu le même métier.

Le commandant, qu'on fût en escale ou au large, ne changeait rien à son genre de vie, et personne ne l'avait jamais vu aller à terre. Après la sieste, Donadieu l'entendit qui faisait les cent pas sur la passerelle, comme lui, par hygiène, parce qu'un marin est obligé de marcher quand même.

Il fallait aller le voir, lui dire :

— Il faut faire quelque chose... Ils sont trois, dans une cabine, à vivre en dehors du bateau, en dehors du monde réel, et à se faire des idées... Tout à l'heure, ou demain, il y aura un malheur...

Le commandant n'aurait même pas répondu. Ce n'était pas son métier. Il n'y avait que Donadieu à se croire Dieu-le-Père. Le commandant, lui, faisait marcher le bateau et observer les règlements. Dès le soir, c'était certain, il y aurait aux ordres un petit alinéa priant l'état-major de se mettre en tenue de drap, parce que c'est la tradition de s'habiller en bleu à partir de Ténériffe.

Même si le commandant avait accepté, qu'aurait-il pu faire pour Huret? Lui permettre de manger en première classe? Ce n'était déjà plus possible. Lui donner de l'argent? Il n'en avait pas trop lui-même! Des conseils?

Huret, râleur comme il était, n'écouterait pas les conseils.

Et Donadieu faillit rentrer chez lui, fumer quelques pipes pour retrouver sa somptueuse indifférence de la nuit, et pour penser à nouveau que, dans la nature, il y a fatalement du déchet. Sur les trois cents Chinois, il y avait déjà quatre morts. Tant mieux pour les autres, en somme! Sur les deux cents passagers blancs, il y avait un fou avec un furoncle, puis Huret à qui la colonie n'avait pas réussi, enfin la femme à chair pâle qui se croyait atteinte d'appendicite et qui ne serait apaisée que le jour où un chirurgien, pour lui faire plaisir, la mettrait sur le billard. N'était-ce pas une honnête moyenne?

Quand à Lachaux, il en avait pour deux ans, Donadieu en était sûr. Le fonctionnaire parcheminé en avait peut-être pour dix, parce qu'il vivait en veilleuse.

Seulement, voilà : le cas Huret était stupide! Donadieu finissait par en faire une affaire personnelle. Il enrageait devant cette porte close. Il enrageait à l'idée des trois êtres qui vivaient derrière, dans leur jus, avec des pensées qui finissaient par fermenter.

Dix fois, il passa dans la coursive et, quand il remonta sur le pont, c'était la fin de l'escale, les lumières de Ténériffe s'allumaient, Barbarin et ses compagnons prenaient un dernier pernod accompagné de musique tzigane, et les embarcations ralliaient le bord une à une.

La cliente du docteur, celle qu'il avait obligée à se mettre nue, hérita d'un châle espagnol que son mari marchanda pendant une demi-heure et qu'il acheta en même temps qu'une boîte de faux havanes. Elle mit son châle pour venir à table, fut vexée d'en voir trois ou quatre pareils, mais après, à la terrasse du bar, en prenant le café, la question fut de savoir qui avait payé le sien le moins cher.

Les Huret n'avaient toujours pas paru. Ils étaient là, dans le navire, comme un corps étranger dans la chair. Ils ne participaient plus à la vie commune. Savaient-ils seulement qu'on venait de lever l'ancre et que, dans quatre jours, on serait à Bordeaux? Savaient-ils que les « météo » étaient bonnes et que le commandant promettait d'arriver sans encombre, en dépit de la gîte? Savaient-ils qu'en Europe c'était déjà l'arrière-saison, qu'en passant devant Royan on apercevrait le casino illuminé, et qu'on devinerait les gens en smoking dans la salle de baccara, les amoureux se promenant sur la plage, devant la guirlande de lumière, les taxis à l'affût? Des taxis, parfois, on en entendait la corne, en passant, et c'était déjà une bouffée de la vie des villes.

Le navire sortait lentement du port. Donadieu se promenait sur le pont, frôlant les groupes, regardait en passant le visage épanoui de madame Bassot qui était capable d'être allée faire de nouveau l'amour en ville. En tout cas, elle était rentrée à bord en compagnie de son lieutenant.

— Tant pis pour eux!... grommela-t-il.

Cela s'appliquait aussi bien aux Huret qu'aux autres. La gueule de bois le rendait triste et pessimiste. Il s'accouda à la rambarde et contempla le pont obscur des secondes, où on n'apercevait que les vitres lumineuses du salon en superstructure.

Il crut discerner une ombre, celle d'un homme en pyjama, maigre et blond comme Huret, qui se faufilait entre les cabestans et les caisses de bananes.

Avec la même précipitation qu'un chasseur, il quitta le pont des premières pour s'engager dans l'escalier.

XI

Le contraste entre la lumière et l'obscurité fit que, pendant un temps, Donadieu erra comme un aveugle. Il connaissait les moindres recoins du bateau, et pourtant il heurta des choses diverses et, à certain moment, faillit marcher sur deux corps étendus, ceux de deux matelots qui devisaient, couchés sur le dos, en regardant les étoiles.

Comme s'il n'eût attendu que cela, le pick-up des premières se déclencha et joua une valse hawaïenne, que madame Bassot avait réclamée au commissaire.

On ne voyait plus les lumières de l'île. Seul, quelque part, tremblotait le feu d'un voilier qui devait pêcher, car sa mâture, lorsqu'un coup de projecteur l'éclaira, se dessina toute nue comme l'arête d'un poisson.

Huret avait changé de place. Donadieu le cherchait des yeux, cherchait plus exactement la tache à moitié sombre du pyjama qu'il connaissait.

Il ne savait pas ce qu'il allait dire. C'était sans

importance. Il parlerait. Dans la nuit molle, avec cet arrière-fond d'exotisme que donnait la musique hawaïenne, il ferait fondre la méfiance de cet imbécile forcené, lui donnerait du courage, éviterait en tout cas que le drame eût lieu à bord.

L'obscurité faisait le tour du salon qui se dressait au milieu de la plage arrière, et dont les vitres ne laissaient percer qu'un halo jaune. Là-haut, sur le pont-promenade, les passagers de première prenaient le frais, erraient par groupes, s'accoudaient à la lisse. Deux couples dansaient.

Dans son incursion, Donadieu apercevait soudain des visages, des formes indécises noyées d'obscurité. Il faillit appeler :

— Huret!...

Mais, au même instant, il aperçut le jeune homme qui marchait devant lui, rapidement, comme quelqu'un qui a peur et qui ne veut pas avoir l'air de fuir.

Il ne dit rien, pressa le pas. Huret, lui aussi, accéléra l'allure et contourna des caisses de bananes qui arrivaient à la hauteur des têtes.

Donadieu ne pensait plus à ce qu'il allait faire. C'était devenu une affaire personnelle entre Huret et lui. Il devait le rejoindre! Il devait lui parler! Pour cela, lui, toujours si calme, il était prêt à courir si c'était nécessaire.

Ce le fut presque. La cale était ouverte. Des matelots recherchaient une malle que Lachaux exigeait parce qu'elle contenait son smoking et que, ce soir-là, plusieurs passagers s'étaient mis en tenue de soirée.

La cale ouverte formait un carré légèrement lumineux. Un instant, Donadieu eut l'intuition qu'il avait tort et il pensa même que, s'il s'obstinait sur les talons de Huret, celui-ci était capable de tomber dans le trou clair.

Toujours sa manie de jouer à Dieu-le-Père! Il n'était qu'à cinq ou six mètres de celui qu'il poursuivait. Il allait le coincer à l'arrière et, si l'imbécile avait l'idée de sauter par-dessus bord, il arriverait à temps pour l'en empêcher.

Le disque était fini, mais l'envers était un nouveau morceau hawaïen aux tirades langoureuses. D'en haut, on devait repérer le docteur, à cause de sa casquette blanche.

Il fit trois pas plus vite. Huret perdit son sang-froid et accéléra encore.

— Écoutez!...

Il dit cela sans y penser. Ce n'était plus de la vie; c'était un cauchemar, et d'autant plus désagréable que le médecin s'en rendait compte.

Au lieu de s'arrêter, de se retourner, Huret courait, maintenant, droit devant lui, pris de panique.

Pourquoi Donadieu leva-t-il la tête vers le pont des premières? Il reconnut madame Dassonville qui prenait le frais, les deux coudes sur la lisse, le menton dans les mains.

Il courut aussi, entendit un drôle de bruit, un bruit mat, le choc d'un corps dur contre un autre corps dur, avec une légère résonance métallique, puis tout de suite un juron.

Cela avait été si rapide que, pendant un

dixième de seconde, Donadieu n'aurait pas pu dire si c'était lui ou Huret qui avait buté.

Ce n'était pas lui! La silhouette qu'il poursuivait avait disparu. A sa place, il y avait du sombre qui bougeait sur la tôle du pont.

Et, l'instant d'après, le médecin se penchait, murmurait gauchement :

— Vous vous êtes fait mal?

Il vit un regard, un pâle visage crispé. Alors il regarda autour de lui avec la sensation apaisante que c'était fini, que tout danger était écarté, qu'il avait gagné la partie.

Huret, en courant, avait heurté un chaumard et s'était étalé de telle sorte qu'il s'était cassé un tibia.

Désormais, il ne comptait plus! Ce n'était plus un homme, mais un blessé. Après un court flottement, comme un vide, il y eut des appels sur le pont des premières, des pas précipités, des ordres lancés, et un projecteur s'alluma à mi-hauteur du mât.

Des ombres grouillèrent dans la poussière de lumière trop blanche, cependant que Huret fixait rageusement le ciel.

Madame Dassonville, un peu frissonnante, car il faisait plus frais sur la plage arrière, regardait le blessé sans mot dire. Le lieutenant en profitait pour caresser la bouche de madame Bassot. Des gens sortaient du salon des secondes. On ne reconnaissait pas la « Marianne », vêtue comme tout le monde et les cheveux lissés.

Trois hommes, là-haut, se penchaient pour voir, demandaient, la main en cornet :

— Qu'est-ce que c'est?

Lachaux était au centre, avec Barbarin à sa gauche et Grenier à sa droite.

— Qu'on dise à Mathias d'apporter la civière...

Donadieu, qui avait peur de laisser percer sa joie, s'affairait. C'est lui qui, avec l'aide de Mathias, étendit Huret sur la civière, et il faillit se mettre lui-même dans les brancards.

Il suivait le cortège comme il eût suivi le baptême d'un enfant.

C'était son œuvre! Une bonne jambe cassée, et il était tranquille!

Huret ne criait pas, retenait ses gémissements, serrait les poings à chaque élancement et, malgré tout, épiait les visages à l'entour.

Les visages, autour d'un blessé, ne sont-ils pas toujours bienveillants?

— A l'infirmerie...

— Il y a le Chinois, souffla Mathias.

— Chez toi, alors.

Donadieu avait gagné! Ils n'étaient plus trois, enfermés dans une cabine, à ruminer des pensées mauvaises.

Maintenant, les choses s'arrangeraient. Madame Huret ne pouvait pas faire de reproches à un homme accablé. Huret n'avait pas besoin de se promener furtivement, la nuit, sur le pont des secondes, pour prendre l'air sans être vu.

Il n'avait pas besoin d'éviter madame Dassonville, ni Lachaux, ni personne...

Donadieu le suivait des yeux comme si c'eût été sa propre couvée.

— Apporte un second matelas...

Les curieux étaient partis. On n'avait pas encore prévenu madame Huret. Ce n'était pas la peine. Il fallait d'abord réduire la fracture, et Donadieu s'y préparait avec amour.

— Tu es refait, hein! ne put-il s'empêcher de murmurer à l'adresse du patient, avec l'espoir, il est vrai, que celui-ci n'entendrait pas.

Huret l'entendit, écarquilla les yeux, ne comprit pas.

Et ce fut le docteur le plus gêné des deux.

On aperçut, en effet, en passant, le casino de Royan et les lumières de la promenade. Une heure plus tard, on rencontra le mascaret, et c'est là seulement que Lachaux eût pu triompher, s'il n'avait dormi.

L'*Aquitaine* toucha le fond avec une telle force, se pencha à tel point que le commandant, par T.S.F., demanda à Bordeaux un remorqueur.

Personne ne s'en aperçut, bien que ce fussent les heures les plus pénibles pour l'état-major. Le navire fut vraiment en péril, et l'équipage prépara les embarcations de sauvetage.

L'air était doux, plutôt frais. L'humidité des nuits de septembre mettait des perles d'eau sur le pont et sur les bastingages.

A sept heures, néanmoins, quand la douane

ouvrit ses portes, l'*Aquitaine,* traîné par son remorqueur, jetait l'ancre devant le quai et les passagers jaillissaient des cabines.

Une centaine de personnes, à terre, attendaient parents ou amis. Il y avait aussi une voiture d'ambulance pour le fou, et madame Bassot, ce matin-là, avait revêtu une robe noire et pris un visage de deuil.

Il y avait enfin les agents de la Compagnie.

Mais Huret, qui ne pouvait payer sa note de bar, était toujours couché, avec sa fracture. Sa femme s'était affairée, cinq jours durant, du chevet de l'enfant au chevet du père.

— Il ne faudrait pas de complications, avait décrété Donadieu avec un drôle de sourire.

Il mentait. La fracture était simple, toute simple. Mais il voulait continuer à jouer Dieu-le-Père.

Cela ne lui avait-il pas réussi? Il les avait amenés a Bordeaux tous les deux, tous les trois, car le bébé vivait toujours et arrondissait des lèvres molles sur les tétines en caoutchouc.

Ils devaient quelques centaines de francs au bar? On leur donnerait le temps de payer. Madame Dassonville n'était plus là pour s'en apercevoir, ni même Lachaux qui débarquait avec la dignité d'un potentat asiatique.

Quant au vol du portefeuille?...

On n'eut jamais de certitude. Grenier, en tout cas, fut arrêté deux ans après pour un vol du même genre, dans un grand hôtel de Deauville.

A ce moment-là les Huret végétaient. Huret

était sous-chef comptable, à Meaux, dans une compagnie d'assurances.

Quand à Donadieu, il faisait de nouveau les Indes, repérait les passagères en mal d'émotions et les initiait à l'opium, certains soirs, dans sa cabine. Mais le bruit courait qu'il n'en profitait jamais.

DU MÊME AUTEUR

Aux Éditions Gallimard

L'AÎNÉ DES FERCHAUX, Folio Policier n° 201.

L'ASSASSIN, Folio Policier n° 61.

LE BLANC À LUNETTES, Folio n° 1013.

LE BOURGMESTRE DE FURNES, Folio Policier n° 110.

LE CERCLE DES MAHÉ, Folio Policier n° 99.

CEUX DE LA SOIF, Folio Policier n° 100.

CHEMIN SANS ISSUE, Folio Policier n° 246.

LE CHEVAL BLANC, Folio Policier n° 182.

LES CLIENTS D'AVRENOS, Folio n° 661.

LE COUP DE VAGUE, Folio Policier n° 101.

LES DEMOISELLES DE CONCARNEAU, Folio Policier n° 46.

L'ÉVADÉ, Folio n° 1095.

FAUBOURG, Folio Policier n° 158.

LE FILS CARDINAUD, Folio n° 1047.

L'HOMME QUI REGARDAIT PASSER LES TRAINS, Folio Policier n° 96.

IL PLEUT BERGÈRE..., Folio Policier n° 211.

LES INCONNUS DANS LA MAISON, Folio Policier n° 90.

LE LOCATAIRE, Folio Policier n° 45.

LA MAISON DES SEPT JEUNES FILLES *suivi du* CHÂLE DE MARIE DUDON, Folio n° 732.

MALEMPIN, Folio n° 1193.

LA MARIE DU PORT, Folio Policier n° 167.

LA MAUVAISE ÉTOILE, Folio Policier n° 213.

LES NOCES DE POITIERS, Folio n° 1304.

ONCLE CHARLES S'EST ENFERMÉ, Folio Policier n° 288.
LES PITARD, Folio n° 660.
45° À L'OMBRE, Folio Policier n° 289.
QUARTIER NÈGRE, Folio n° 737.
LE RAPPORT DU GENDARME, Folio Policier n° 160.
LES RESCAPÉS DU TÉLÉMAQUE, Folio n° 1175.
LES SEPT MINUTES, Folio n° 1428.
LES SŒURS LACROIX, Folio Policier n° 181.
LES SUICIDÉS, Folio n° 935.
LE SUSPECT, Folio n° 54.
TOURISTE DE BANANES, Folio n° 1236.
LES TROIS CRIMES DE MES AMIS, Folio Policier n° 159.
LA VÉRITÉ SUR BÉBÉ DONGE, Folio Policier n° 98.
LA VEUVE COUDERC, Folio Policier n° 235.
LE VOYAGEUR DE LA TOUSSAINT, Folio n° 111.

COLLECTION FOLIO POLICIER

Dernières parutions

153. A.D.G.	*Pour venger pépère*
154. James Crumley	*Les serpents de la frontière*
155. Ian Rankin	*Le carnet noir*
156. Louis C. Thomas	*Une femme de trop*
157. Robert Littell	*Les enfants d'Abraham*
158. Georges Simenon	*Faubourg*
159. Georges Simenon	*Les trois crimes de mes amis*
160. Georges Simenon	*Le rapport du gendarme*
161. Stéphanie Benson	*Une chauve-souris dans le grenier*
162. Pierre Siniac	*Reflets changeants sur mare de sang*
163. Nick Tosches	*La religion des ratés*
164. Frédéric H. Fajardie	*Après la pluie*
165. Matti Yrjänä Joensuu	*Harjunpää et le fils du policier*
166. Yasmina Khadra	*L'automne des chimères*
167. Georges Simenon	*La Marie du Port*
168. Jean-Jacques Reboux	*Fondu au noir*
169. Dashiell Hammett	*Le sac de Couffignal*
170. Sébastien Japrisot	*Adieu l'ami*
171. A.D.G.	*Notre frère qui êtes odieux...*
172. William Hjortsberg	*Nevermore*
173. Gérard Delteil	*Riot gun*
174. Craig Holden	*Route pour l'enfer*
175. Nick Tosches	*Trinités*
176. Fédéric H. Fajardie	*Clause de style*
177. Alain Page	*Tchao pantin*
178. Harry Crews	*La foire aux serpents*
179. Sréphanie Benson	*Un singe sur le dos*
180. Lawrence Block	*Un danse aux abattoirs*
181. Georges Simenon	*Les sœurs Lacroix*
182. Georges Simenon	*Le Cheval Blanc*
183. Albert Simonin	*Touchez pas au grisbi !*

184. Jean-Bernard Pouy — *Suzanne et les ringards*
185. Pierre Siniac — *Les monte-en-l'air sont là !*
186. Robert Stone — *Les guerriers de l'enfer*
187. Sylvie Granotier — *Sueurs chaudes*
188. Boileau-Narcejac — *... Et mon tout est un homme*
189. A.D.G. — *On n'est pas des chiens*
190. Jean Amila — *Le Boucher des hurlus*
191. Robert Sims Reid — *Cupide*
192. Max Allan Collins — *La mort est sans remède*
193. Jean-Bernard Pouy — *Larchmütz 5632*
194. Jean-Claude Izzo — *Total Khéops*
195. Jean-Claude Izzo — *Chourmo*
196. Jean-Claude Izzo — *Solea*
197. Tom Topor — *L'orchestre des ombres*
198. Pierre Magnan — *Le tombeau d'Hélios*
199. Thierry Jonquet — *Le secret du rabbin*
200. Robert Littell — *Le fil rouge*
201. Georges Simenon — *L'aîné des Ferchaux*
202. Patrick Raynal — *Le marionnettiste*
203. Didier Daeninckx — *La repentie*
205. Charles Williams — *Le pigeon*
206. Francisco Gonzàlez Ledesma — *Les rues de Barcelone*
207. Boileau-Narcejac — *Les louves*
208. Charles Williams — *Aux urnes, les ploucs !*
209. Larry Brown — *Joe*
210. Pierre Pelot — *L'été en pente douce*
211. Georges Simenon — *Il pleut bergère...*
212. Thierry Jonquet — *Moloch*
213. Georges Simenon — *La mauvaise étoile*
214. Philip Lee Williams — *Coup de chaud*
215. Don Winslow — *Cirque à Piccadilly*
216. Boileau-Narcejac — *Manigances*
217. Oppel — *Piraña matador*
218. Yvonne Besson — *Meurtres à l'antique*
219. Michael Dibdin — *Derniers feux*
220. Norman Spinrad — *En direct*
221. Charles Williams — *Avec un élastique*
222. James Crumley — *Le canard siffleur mexicain*
223. Henry Farrell — *Une belle fille comme moi*
224. David Goodis — *Tirez sur le pianiste !*

225. William Irish	*La sirène du Mississippi*
226. William Irish	*La mariée était en noir*
227. José Giovanni	*Le trou*
228. Jérome Charyn	*Kermesse à Manhattan*
229. A.D.G.	*Les trois Badours*
230. Paul Clément	*Je tue à la campagne*
231. Pierre Magnan	*Le parme convient à Laviolette*
232. Max Allan Collins	*La course au sac*
233. Jerry Oster	*Affaires privées*
234. Jean-Bernard Pouy	*Nous avons brûlé une sainte*
235. Georges Simenon	*La veuve Couderc*
236. Peter Loughran	*Londres Express*
237. Ian Fleming	*Les diamants sont éternels*
238. Ian Fleming	*Moonraker*
239. Wilfrid Simon	*La passagère clandestine*
240. Edmond Naughton	*Oh ! collègue*
241. Chris Offutt	*Kentucky Straight*
242. Ed McBain	*Coup de chaleur*
243. Raymond Chandler	*Le jade du mandarin*
244. David Goodis	*Les pieds dans les nuages*
245. Chester Himes	*Couché dans le pain*
246. Elisabeth Stromme	*Gangraine*
247. Georges Simenon	*Chemin sans issue*
248. Paul Borelli	*L'ombre du chat*
249. Larry Brown	*Sale boulot*
250. Michel Crespy	*Chasseurs de tête*
251. Dashiell Hammett	*Papier tue-mouches*
252. Max Allan Collins	*Mirage de sang*
253. Thierry Chevillard	*The Bad leitmotiv*
254. Stéphanie Benson	*Le loup dans la lune bleue*
255. Jérome Charyn	*Zyeux-Bleus*
256. Jim Thompson	*Le lien conjugal*
257. Jean-Patrick Manchette	*ô dingos, ô châteaux !*
258. Jim Thompson	*Le démon dans ma peau*
259. Robert Sabbag	*Cocaïne blues*
260. Ian Rankin	*Causes mortelles*
261. Ed McBain	*Nid de poulets*
262. Chantal Pelletier	*Le chant du bouc*
263. Gérard Delteil	*La confiance règne*
264. François Barcelo	*Cadavres*

Impression Bussière Camedan Imprimeries
à Saint-Amand (Cher),
le 7 janvier 2003.
Dépôt légal : janvier 2003.
Numéro d'imprimeur : 025949/1.
ISBN 2-07-042768-4./Imprimé en France.